我的孤独里
满是热闹

田川／著

四川大学出版社

项目策划：曾　鑫
责任编辑：曾　鑫
责任校对：周　颖
封面设计：墨创文化
责任印制：王　炜

图书在版编目（CIP）数据

我的孤独里满是热闹 / 田川著 . — 成都 ：四川大
学出版社， 2019. 11（2023. 9 重印）
ISBN 978-7-5690-3681-7

Ⅰ . ①我… Ⅱ . ①田… Ⅲ . ①随笔－作品集－中国－
当代 Ⅳ . ① I267. 1

中国版本图书馆 CIP 数据核字（2020）第 010753 号

书名　　我的孤独里满是热闹
　　　　WO DE GUDU LI MANSHI RENAO
著　　者　田　川
出　　版　四川大学出版社
地　　址　成都市一环路南一段 24 号（610065）
发　　行　四川大学出版社
书　　号　ISBN 978-7-5690-3681-7
印前制作　四川胜翔数码印务设计有限公司
印　　刷　永清县晔盛亚胶印有限公司
成品尺寸　146mm×209mm
印　　张　10. 125
字　　数　205 千字
版　　次　2020 年 6 月第 1 版
印　　次　2023 年 9 月第 2 次印刷
定　　价　80. 00 元

◆ 读者邮购本书，请与本社发行科联系。
　电话：(028)85408408/(028)85401670/
　(028)86408023　邮政编码：610065
◆ 本社图书如有印装质量问题，请寄回出版社调换。
◆ 网址：http://press. scu. edu. cn

四川大学出版社
微信公众号

孤独和寂寞，悲伤和无助，我其实很不喜欢这些词语，总觉得太消极。但有时候，我们在黑夜里才会遇到真正的自己，而白天总是和别人，或是为别人过的。独处的时光总是让我们的情感热烈奔放，回忆肆意流淌：青春少时的青涩懵懂，初入社会的跌跌撞撞，传媒经历的几场精彩，情感体验的百转千回。这一切我都写在了这里，吵吵嚷嚷，人来人往，素面相见，红尘不老。原来我的孤独里满是热闹。

扫码伴读

01

雨季的前后 ————

播音系的小段子 / 004

谁要怀念高中 / 010

我的老师们 / 014

相识与怀念 / 019

心中有"魔" / 023

一把红豆皆是泪 / 028

02

回忆那么美

但愿人长久　何日君再来　　/ 036

东方三侠　　/ 039

断舍离是不是一种无情　　/ 044

华妃和如妃　　/ 048

欢喜在食前　　/ 052

酒肉穿肠　　/ 057

梦的结尾是贺岁片　　/ 060

莫干三剑客　　/ 066

那些差点忘记的他们（一）　　/ 069

那些差点忘记的他们（二）　　/ 073

我的奥运日记　　/ 079

请送我一双PRADA　　/ 085

盛夏的果实　　/ 089

十一年的火锅底料　　/ 092

谁人不识周杰伦　　/ 097

天涯共此时的寂寞　　/ 101

我们都想成为王菲　　/ 104

万籁俱寂在云端　　/ 109

温柔以待　　/ 113

一餐一梦（一）　　/ 117

一餐一梦（二）　　/ 120

一个人吃火锅　　/ 124

再做一次小哥哥　　/ 127

又入灵隐寺　　/ 132

早场和午夜场　　/ 135

只因太匆匆　　/ 139

最忆是杭州　　/ 144

醉游夜雪　　/ 147

03

工作那些事

和早间主播说再见　　/ 154

记者手记：报道MH370的26天　　/ 159

抗震日记：我借卫星奔芦山　/ 166

明星发布会的那些事（一）　/ 169

明星发布会的那些事（二）　/ 173

我和中国蓝的故事　/ 176

我在川台的日子　/ 180

04

世界那么大

Aloha，夏威夷　　/ 188

风花雪月的大理　　/ 198

从西到东的美国行　　/ 202

一"夜"台北　　/ 212

新西兰四人行　　/ 216

我的"西游"　　/ 221

在旅行中做一个小神仙　　/ 227

05

畅游情谊间

爱不悲伤　/ 234

无所求必满载而归　/ 238

《岁月》烟尘　/ 242

《野花》的愤怒　/ 245

爱情不是为了不孤独　/ 249

百无聊赖是罪过　/ 252

爱情会消亡吗　/ 256

出现又离开　/ 260

冬日的恋爱需要一块烤红薯　/ 264

深情不如久伴　/ 270

都是因为爱啊　/ 275

怀念旧时光　　/ 278

你喜欢王菲还是白百何　　/ 280

这一切没有想象的那么糟　　/ 284

情与爱　　/ 288

乌拉那拉的爱　　/ 291

一边坚强一边悲伤　　/ 295

再听一曲《情歌王》　　/ 300

知以往爱从前　　/ 305

后记　　/ 309

01

雨季的前后

每一个走过花季雨季的人
都会怀念那些
美好的故事
和
美好的我们

播音系的小段子

我时常想，如果没有考入中国传媒大学，我此刻身在何方？

我深知，直至今日，我依然仰仗着母校的光辉，

也希望有朝一日，为母校贡献我的点点光亮。

　　播音系有很多传说。比如训新，师哥师姐总会通过各种方式灭一灭刚入大学不可一世的师弟师妹的威风，告诉大家什么是"长幼"有序。比如明月肉的故事，某播音系师哥练习专业走火入魔，对着食堂的师傅朗诵道：师傅，给我一碗明月肉。

　　一入"播音"深似海，段子时时有，日日有更新，如有雷同，纯属巧合。

　　A

　　师哥。一次专业课对话如下：

　　A：老师，我说话还（hài，标准读音为hái）有东北味吗？

　　老师：你说话没（mèi，标准读音为méi）有东北味了。

C

某一天，台里的老师带着C他们一票主持人去参加一个陌生人的婚礼，大家有些不知所以。中途，婚礼主持人饱含深情地说："今天我们还非常荣幸地请到了××台主持人××。"C站起来挥挥手，然后坐下继续吃饭，散席还拿了2000元红包。

哈哈，你参加婚礼拿过红包吗？

D

一次播音专业小课，D跑去问专业老师："老师，听说长得漂亮的女孩做不了新闻主播，我咋办？"只见她的小课老师眼睛一斜，说："你，我想不用担心这个问题。"

G

一次课堂上，麻辣女教师Y批评X同学脸大上镜不好看。下课后，G羞涩地跑过去问Y老师："老师，你说X脸大，那我的脸呢？"Y老师笑了笑："你？你不仅脸大，还是大脸中的极品。"

H

专业小课的日常对话。

老师："H同学，是'黄四娘家花满蹊，千朵万朵压枝低'，不是压枝枝。"

H："哦，老师，我觉得'低'这个音，我发得很好了，要加强'枝'的发音。"

诗圣难安啊！

K

临睡前，K和寝室兄弟们宣告，专业课老师给自己发了彩信，内容是：大拇哥，棒棒的。当晚，他兴奋得一夜未眠。

第二天，我们得知，那条彩信是群发的。

L

在野外营地军训，L去报告老师，说晚上宿舍闹鬼。老师淡淡地说："你要相信这个世界一定存在一些我们不知道的现象。"

"Are you kidding me?"（你在开玩笑吗？）

O

刚入校，老师要求我们写一个学习计划和职业规划。O同学写道：一年进入学生会，三年当上学生会主席，毕业进入央视，五年内主持春节联欢晚会。

好样的，这才是"梦想的力量"。

P

P是一位具有专业"洁癖"的老师。某一次，他让我们班长课前点名。

"同学，你这发音不对啊，声母没叼住，归音也不到位，再读一次。"就这样，P老师开始逐字纠正班长的发音，是的，把全班名字读了整整两遍。

然后，下课铃响了。

R

R是"大自然派"老师的代表，也就是上课比较人性化，不是很严格。

读词训练，某位同学读完，R老师长达一分钟没有点评。同学觉得自己一定是有很大的语音问题，等着被批，紧张得冒汗，不敢抬头。

却听到R老师说：哦，好的，下一位。

T

第二天要进行全班投票选举干部，T同学群发短信，希望得到大家支持。

W同学不干了，以涉嫌"拉票"在校内网（类似现在的微博）发表檄文一篇，顿时校内炸开了锅。

T同学也毫不示弱，逐条进行回复，最后来了一个"豹尾"：W同学，不要以为每次玩"杀人游戏"你睁眼这事儿没人知道，群众的眼睛是雪亮的。

V

某次课堂上，老师问："V，听说你的舅舅是范伟？"V点点头。从此我们知道了好多范老师的八卦，但我们不说。

X

才貌俱佳的女生。一次专业课，有了以下对话：

老师：X，你是服务员吗？

X：老师，我不是啊。

老师：那你干吗总"端"着呢。（端，在播音专业里特指说话不够自然。）

Y

Y老师知识渊博，总是告诫同学们要多读书读好书，不要那么没文化。

有一天，他问："你们知道谁是张某某吗？"同学们一脸懵，他继续说："这都不知道？"大家赶紧偷偷"百度"，发现是个历史人物。

然后，他继续问："你们知道什么是'hú dǐng péng'吗？"大家又赶紧查，但是怎么查也查不到这个人名，只能说真的不知道。

Y非常生气："'糊顶棚'都不知道？！过去用报纸糊顶棚，你们不知道？"

这次不是人名啊！

播音系字母小段子，一起来补齐24个字母吧！

谁要怀念高中

很多年没有回高中母校泸县二中了，总觉得自己的高中时光不那么明亮。
但谁又能否认口是心非的背后不是爱。

曾经有一期《三联生活周刊》，里面有一篇文章探讨了河北衡水二中军事化管理的优劣。

看完之后，我一点不觉得震惊，文中所列诸如一个月回一次家的住校规定，早上6点钟开始跑操的硬性要求，在我看来，简直是太正常不过了。因为我要骄傲地说：我毕业于国家级示范性高中四川省泸县二中，同为二中自然差异不大。

读书时，表哥曾感叹：你以后读了大学走入社会，会怀念高中的单纯和纯粹。我开篇明志，高中毕业已9年，谁要怀念高中？

　　我实在不知道自己是如何度过高中时代的，除了当时是学校晚会主持人的一点点光辉外，我好像记不得哪些地方值得特别喜欢和怀念。

　　先说关于头发的问题，我为所有二中的女生叫屈。按照校规，所有男生女生一律短发，远远望去，那简直是分不清男女，难有美丑，更有教导主任拿着"王麻子"大剪刀守在教学楼一楼。这是什么？这是赤裸裸地扼杀每个人对美的追求。

　　欣喜的是，听说我们毕业不久，这项规定就被废除了。这得让我同届的多少美女黯然神伤。外界都说二中的女孩子变漂亮了，可知以前就不丑。

　　再说什么叫画地为牢。我所在的二中，地域宽广，亭台楼阁、假山喷泉倒是一应俱全，但让人捶胸顿足的是一个月才被允许踏出校门一步。上课就是学习，下课就是放风，这和监狱有何异同？那时候，跳墙者有之，偷医务室请假条者有之，装病者有之，感觉我身边一个个都是演员，都练成了嘴上"跑火车"直接上"拉萨"的神技能，还绝对是乘高铁。

　　由于不能出校门，看着学校的小水池就当八百里洞庭，看着学校一排排垂柳,那就是柳浪闻莺。总之,虽然深处校园,我们的文字意象却是异常丰富。也难怪,你写篇作文,要是文中没有李白杜甫陶渊明,洞庭桂花"瞎子"炳,那就好比现在一台青少年晚会没有易烊千玺、吴磊和杨洋,亮点何在?

高中课业负担之重,我不赘述,估计每个人都有很"痛"的领悟,颇有些"苦其心志,劳其筋骨","曾益其所不能"的意味。来聊聊我们和衡水二中一样的跑操计划吧。

每天早上,不管你是住校生,还是走读生,大家都要齐聚400米操场,一圈一圈地跑下来。衡水二中是跑800米,我们那时候也是至少跑上两圈。电影中不是经常有美女回头的倩影吗,但关于美女回头的美感我至今无法体会,因为那个时候跑步见得最多的是美女呕吐、美女头晕、美女气喘,何况美女还是短发的"汉子"。

跑步是为了健康,跑步是为了梦想,出发点肯定是好的,但每天声势浩大的跑步计划却总是让我起了"逃跑计划"的念头,只可惜没有天上的星指引我前行,只有班主任在后方紧随,不给我放行。

极其压抑的高中三年,我们班没有促成一对,直至今日结婚者寥寥。

不过每年我们学校的运动会都会成为热点，入场式创意十足：西游记乱入三国、埃及艳后入土中原、秦始皇大战复仇者联盟、僵尸世界大战。可见大家平日闷骚，择日释放终极潜能。

不过说实话，虽然扛着应试教育排头兵的大旗，但我们学校的活动还是挺多的，什么朗诵节、艺术节，等等。

另外，老师爱岗敬业，陪跑步，陪自习，陪考试，陪吃饭。相信他们是爱我们的。

说到这，竟然还有点怀念高中的苦中作乐：偷吃校外走读同学偷偷带进来的肥肠面，和语文老师借着采风的机会一起畅游玉蟾山，和同学们一起排舞朗诵参加艺术节，收到班主任亲笔写的鼓励信，和寝室兄弟们彻夜长聊……不能再回忆，再回忆就乱了阵脚，再回忆就是主旨不明。

所以我还是要结尾扣题：谁要怀念高中？

但可惜的是，做不到呀！

我的老师们

我的初中语文老师付老师曾经在我的周记本上写道：

多一些观察，多一些思考，你会是未来的作家。

如今，虽然我没有成为作家，但至少成了一名以有声语言为核心能力的主持人，

也算没辜负她当年的期望。

教师，传道授业解惑，人类灵魂的工程师。教师，是社会公认"值得尊敬的职业"。虽然近来偶发幼师之负面新闻报道，但总体而言，教师这个职业一直保有一份来自社会的敬意。

感谢微信朋友圈中记录的生活点滴，让我每天都可以了解老师们的近况，比如学术上的研究成果，教育上的桃李满天下，旅行中的美美自拍。虽然不在一个城市，我们却也从未在彼此的生活中缺席。记得大学老师柴芦径在怀念她的已故恩师播音界泰斗张颂教授时说过这么一句话：鉴于张颂教授的学术地位，只敢和他聊业务，从未轻松地聊聊家常，略有遗憾。

的确是这样的，有时候在老师面前，我们总试图让自己尽可能

地符合一个好学生的身份，上进的，好学的，博览群书的，只敢在客厅高谈阔论却从未走进过老师的后院，说说日常，谈谈过往。还好如今空间和时间不再成为局限，师徒情深且长且常，只要愿意，每天都可以和老师互动点赞。

但今天，我想聊聊几位已经失去联系的老师，时过境迁，但那些人那些事依然让我念念不忘。

她是我小学的第一位班主任，姓吕，一米五左右的身高，半白的头发，一位和蔼可亲的奶奶。毕竟她年纪大了，讲课速度很慢，以至于我们班数学和语文比其他班级的进度要慢上不少，还一度引起了很多家长的不满。

当时班上有一个特别调皮的同学，记得一天下午，却也记不清事发缘由，吕老师拿着扫把追打那位同学。一位奶奶级的老师和一个孙辈的学生就在教室追开了，到最后，那位同学躲进了讲台上的桌子里，把老师气得不行。这一幕，回想起来，滑稽却也温暖。不过后来，那个淘气的男生住进了老师家里，倒是规矩了不少。

周一上学，大家都知道，第一件事就是交作业，从后面第一排开始，大家陆续把作业向前传递，直到传到第一排交给老师。我一翻书包，突然想起忘记做数学作业了，怎么办？作为小学生，不做作业，简直是无法原谅的大过错，何况当时我还是班长。没办法，我就硬着头皮把自己的作业本交了上去。

临近放学，每个同学的作业本都被发了回来，吕老师开始点没做作业或者作业做得差的同学的名字。豆大的汗珠顺着我的额头滚下来，心想下一个被批评的人肯定是我。我几次做好了站起来的准备，但没想到一直没有点到我的名字。等放学后同学们纷纷离开，我坐在位子上才回过神来如释重负。我慌忙翻开摆在眼前发回来的作业本，发现吕老师在我上一次的作业记录后面写了一个100分，可是我明明是没有做作业的。

你觉得老师是马虎还是对我放了一马？如果是马虎，那就是出于信任；如果是放了一马，那这100分真的是一次重重的警示。

小学三年级时，吕老师退休了，再后来就失去了联系。

李老师，小学第二任班主任，写得一手好字，体育老师出身却把语文公开课讲得绘声绘色且获奖无数。多年后的同学聚会上再次看到他，虽然已经有了白发，也离开了教师队伍，但在我们心里，他依然还是那么帅气，那么有魅力。

付老师，初中语文老师，欣赏我的文笔，让我多一些观察，多一些思考，坚信我能够成为一名作家。

沙老师，初中代数几何老师，板书一级棒，形象超级美。每次她优雅地在黑板上画出一个圆，我都觉得这就是数学之美。去年得知，她的儿子娶了当时我们班的一位女同学，这缘分……

康老师，初中化学老师。我第一次化学考试考了99分，给了我一巴掌，说为啥丢掉一分。如果没有暴力倾向，我姑且把这理解为追求严谨之美。

刘老师，初中英语老师。时隔多年，我已经是浙江卫视的一名主持人，回家乡参加妹妹（她是刘老师的远方亲戚）的婚礼。我和刘老师再次相遇，忽然她跑过来对我说，当时很遗憾，只注重应试，没有在口语方面把我们带好。难道是我在节目里说过英语被她听到了吗？

韩老师，初中物理老师，人称"飞刀侠"，粉笔头的"射程"可以覆盖全班每个角落，在严密的计算之下画出完美抛物线，然后直击目标。她每天骑着硕大的摩托车上班，张口闭口都是房地产投资理论，经典语录是"钱有什么用？不动产才是最好的"。听听，这就是一位三线城市的初中物理老师的投资眼光和觉悟。都说"听君一席话，胜读十年书"，韩老师说这话时，北京的房子均价是每平方米3800元，当时要真把韩老师的话听进去，现在也成"房叔""房姐"了。

恩情难忘，祝福所有的老师。

相识与怀念

大学时光于我而言，纵然有些遗憾，我却时常怀念它，
时常唱起那首《年轻的白杨》（中国传媒大学校歌）。

和从北京来蓉出差的大学室友大博酒馆小聚，谈笑间将自己拉回了美好的大学时光。

工作之后，赚钱，恋爱，分手，奋斗，好像每天都有忙不完的事，逃不完的局。酒过三巡，归家夜半，胡思乱想之笑意盈盈，轻轻慨叹岁月流逝之无情。

在大学，关系最好的就是我们寝室四个：来自广西一本正经的跳拉丁的大博，来自孔孟之乡不拘小节洒脱自在的胖晨，还有就是现在和我既是同事又是好友的甘肃歌王印儿了。

我们一起在北京的郊区放风筝，一起坐着绿皮火车到北戴河冲着大海旁若无人地大喊大叫，一起拍摄过许多不输给现在抖音红人的各种视频。我们一起喝醉过，迷茫过，开心过，失落过。

中国传媒大学的那四年，仿佛就在昨天。

那四年，我过得快乐吗？毕业后我并没有仔细地去想过，总怕怠慢任何一个人和错过任何一个人。大一平淡无奇，大二进入学校广播电台主持一档点歌节目，大三的暑假顺利成为浙江卫视的暑期实习生，大四在央视《远方的家》做了一年的外景主持。从时间上说，我的确错过了很多美好的校园时光，以至于今天大博说到他喜欢过的一个女生我竟然有些对不上号，着实遗憾。

如今，大学同学依然保持着断断续续的联系，每年过年的时候群里都是一阵欢天喜地的红包雨。他结婚了，她换工作了，他出国留学了，她自己创业了，同学的任何变动都在一种平行的空间被平行地传递着，只是经过一帮以传媒为业的人的口口相传，添油加醋，变得绘声绘色，到后来，全成了一个个段子。

我珍惜每一个和自己产生过交集的人，总觉得哪一句再见，说不定就是再也不见。大学时，一个成都老乡亮和我关系要好。我们一起三更半夜打车去国贸，看赵薇和陈坤主演的《花木兰》。陪他吃过烤串排解他情场的失意。记得有一年寒假回家，还在他家住过一晚。可是没想到，毕业后却再也没有联系上他，也不知道他过得好不好。

大学时，我还网恋了一个在加拿大的留学生，当时还有些心动，后来她竟然不告而别。很多年后她回国，也不知怎么就又恢复了联系，只是如今连在微信里点赞的力气都没有了。

有时候，忍不住去回忆这些生活的片段，好像毫无意义，却让时间被填满。记忆变得丰盈，甚至生发一种悄无声息的力量，就像刘若英在歌中所唱：让我往后的时光，每当有感叹，总想起当天的星光。

扫码伴读

心中有"魔"

已经过去12年了，但那些围绕着高考的紧张、不安、无奈，一直让我难以忘怀。

就如同一个心魔，时常让我夜半惊坐起……

早上6点左右就醒了，又是一场噩梦，睁开眼在家中环视一周，又倒了下去，梦却仍在继续。就是这个相同的梦，有时让我午夜惊坐起，甚至起身已是湿漉漉。8点，几乎是跳着离开了床板，方才逃离了这一场分不清真假的梦境。

做不完的数学卷，题面复杂的物理题，各式各样的化学方程式，这都是我高考结束12年来时时梦到的内容。在梦中，我是那么努力地计算着每一道题目：力的分析，化学反应的推理，几何公式的运用。仿佛所有高中所学内容全部被激活，我全力以赴。梦醒之后，只有满头大汗，题目早已忘记了大半，庆幸只是一场梦，一场梦。

我的高中比别人多了一个"尾巴"，经常用比别人多认识一倍的朋友来安慰自己。说实话，复读那一年过得还是挺开心的。学习上，弄懂了很多似是而非、似懂非懂的知识点；生活中，从一所严苛的寄宿学校转到了一所每天可以回家的走读学校。

作为理科生，理综是兵家必争之地，而做过理综卷子的朋友都知道，能够在2小时内完整做完，且具有较高的正确率，那是很不容易的，所以在那个梦里我大多时候都是在做理综卷子。回到现实，当年的试卷早已没有了踪影，否则我定要找出，撕毁焚烧以解心魔，可这心魔是如此轻易就可以驱除的吗？

也许我应该多想想阳光的，多想想美好的，多想想那些歌声与微笑。

好友X，时隔六年，前段时间恢复了联系。作为高中前三年的好友，命运又续接了我们第四年的友谊。当年个子不高、皮肤偏黑、古灵精怪的他，你能想象如今已穿上军装驻在广东某地，朋友圈日日晒的是心爱之人吗。在我印象里，他还是那个喜爱中国古典文学，诗圣诗仙、"原应叹息"（这里指《红楼梦》中贾元春、贾迎春、贾探春、贾惜春）张口就来的小子，没想到转眼就步入了人生正轨。

复读那一年，我们成为最亲密的伙伴，一起探讨试题，一起展望未来，一起捶胸顿足，一起欢喜雀跃。最喜当年题名时，双双中举入京，快哉。试想当年，倘若我们有一人落榜，另一人也不会肆意地快乐。入京之后，我徜徉在祖国首都的东五环，他日夜笙歌在北六环外的大昌平。

考入大学的第一年，他专门穿城过来看我，晚上就和我挤在那窄窄的单人床上（可见当年我也是瘦的）。后来我常念及也要去大昌平找他，但四年下来皆未成行。

大学毕业天南海北竟失了联系，只知道他去了广东。今年过年恰逢同学聚会，席间辗转要到了他的微信。好友申请通过的瞬间，赶紧翻了他的朋友圈，那种感情一下子仿佛又回来了。他从军了，他恋爱了，他求婚了，我知道他已将所有的爱给予了那个幸运的姑娘，如有朝一日广东相逢，他一定还会唾沫横飞得意地介绍。

唏嘘于时间的流逝，白驹也是野马，马踏飞燕。

女生L，复读班的同学，由于每天都坐同一辆公交车，后来竟然慢慢有了相逢的期待。放学一起回家那是肯定的，所以大体的记忆都是在上学和放学路上，有时候恰逢考试结束，也会为了一道题目争论半天。

那一头飘飘长发散发着茉莉般的清香，至今我仍觉得她颇具台湾偶像剧女主角的气质。只可惜，在相识且有机会的那一年里，我们把有限的时间都投入了无限的考试当中，也许和她做过最浪漫的事就是为了一个能量守恒定律争得面红耳赤，而我们却都忘记了花红柳绿，青春正酣。

前几年，过年回家，本来要约她出来谈天说地共话当年，只可惜已是一名乡镇干事的她疲于公务。不知她现在是否颜值和酒量成了反比？但美人总归是美人，即使以后做了领导，也要叫美女领导。只怕以后见了面叫一声L乡长、L镇长、L县长，那个时候她还会想起当年的那段公交情缘吗？

女生M，应该是我到如今联系得最紧密的高中时代的朋友了，甚至我都忘记了她是我高中四年的同学，只记得她是我的朋友。

每年回家，见她一面是肯定的。每次家里大摆筵席，妈妈也总提醒我叫上M，有一次M还带了自己的男朋友。别误会，我和她是真真切切的朋友关系，绝无半点吃醋之意，乃至后来她与男友分手，我还为她遗憾了半天。

现在形容一个女孩子叫"女汉子"绝不是贬义，所以我要大胆地说：M是我人生遇到的第一个女汉子。可能是家中排行老大的缘故，M做事干脆利落，比如我上学带的水瓶，M渴了就直接一饮而尽，豪爽之姿让我颇感自己拿捏作态。和前面的L讨论试题，待到面红耳赤，我们就停止讨论言及其他，但和M一定要争到个"你死我活"的境地。

后来M考取了我们本地一所非常牛的医学院，本硕连读。祝福M，倘若有时间，你的婚礼我定是要跨过千山万水来看你的。

那一年，还有很多美好的事和美好的人。有成功让我们抛弃《读者》转投《南方周末》的语文老师L。有开启我对美利坚好印象的英语老师X。X的名言是：我从美国走一圈，皮鞋都不沾灰，越穿越干净。还有长相韩版，小眼性感的班主任W，当年迷倒了多少的女生，想来我们班的女生见到韩国的"都教授"也不会大惊小怪。

那一年，那么多美好，如果说凑齐七颗龙珠可以召唤神龙，我愿收集这么多美好来抵抗心魔。

愿以后，回忆当年，只有美好，没有折磨，只有欢欣，没有失落。

心魔已去，不愿蹉跎。

一把红豆皆是泪

准确地说，我没有早恋过，
但这不妨碍我曾经喜欢和被喜欢。

"红豆生南国，春来发几枝。愿君多采撷，此物最相思。"王维的这首五言绝句是我的爱情启蒙，那是在18年前。

我要说我的初恋是在小学四年级，你信吗？不过说是初恋有点言过其实，毕竟连手都没拉过，何况还是单方面主动出击。不要误会，我是被追的那一个，显然，那已经是一个讲究颜值的年代。

北方的女孩总是要早熟一些，虽然只有四年级，L已经亭亭玉立，身上香水味总是可以从她走进教室那一刻开始弥漫，有一种超越那个年纪的妩媚甚至是妖娆。班里同学都叫她"小太妹"。那个时候，港台文化流行且火热，《古惑仔》正热播，里面有个词儿就是"小太妹"，有点类似今天的"女汉子"，但"女汉子"好歹算一个中性词带点自嘲，"小太妹"就有点藐视和嘲讽之意了。

大冬天，和我们乌压压黑蓝灰的大棉袄不同，她穿一件亮蓝色的羽绒服。遇到大雪天，她走在校园，加之微胖的身材，就像一颗散发着蓝光的珠子镶嵌在白色的锦缎上。

说话撒着娇，嗓门却奇大无比，常和社会上的小年轻混在一起，总之，她显得和我们格格不入却又那么与众不同。

后来我们竟然成了同桌。这里省略一个优等生辅导落后女同学的俗套经过，虽然事实就是如此。

某天下午，她忽然塞给我一个手串，是一串红豆，还可以看到每个红豆上面的小黑尖，附带着一封香味纸写下的情书。我至今还记得收到这串红豆那一刻心脏的怦怦乱跳和惶恐兴奋，这就是爱情吗？也许对一个小学四年级的男生来说，爱情这个词有些遥远，但被人追求总是开心的，何况她又是一个如此不同的人。你要知道，人家可是在校园外见过世面的，竟然喜欢你一个普通的小男生，这让我的虚荣心得到了最大的满足。

我们好像从来没有确定过关系，只是每天早上起床，想到可以看见她，我都充满了一种喜悦和期待，慢慢地，甚至开始欣赏起她略显浮夸的穿着和江湖气。

记得有一天，邻居从苏州出差回来送了我一块糖，说苏州的糖特别甜。我没有舍得吃，第二天带到学校塞在了她的手里。这是我一生当中送给女生的第一个礼物，那份甜蜜至今令人回味。

在班会上，她朗诵《黄河小浪底》荡气回肠，我简直觉得她浑身都散发着无与伦比的魅力。

在那个时代，早恋基本等同于学坏，等同于不上进，等同于堕落。我是一名好学生，我是班长，怎么能早恋呢？

甜蜜的时间维持了不到一个月，我毅然决然和她分了手，哪怕其实我们从来没有牵过手。她一气之下换了座位，我们一个坐在教室的左边，一个在右边，她靠窗，我靠墙。那时，她整个下午都趴在桌子上看我，眼里流着泪，我若无其事地继续听着课做着作业。

再后来的细节已经淡忘，初中之后我们就断了联系。

前年过年的时候，我被拉进一个小学同学群，大家发着红包，讲着年少的趣事，但唯独没有说起我和她。时光之于我们，如同风吹细沙，总是可以抚平那些深深浅浅的涟漪。看到了她的头像，我突然对她的现状充满了好奇，我主动添加她为好友。她回复我的第一句话是：田川，我家里还藏着你给我写的情书呢。

啊？我竟然还给她写过情书，我怎么记得我只收到过情书呢。那一瞬间，竟然有一种石头落地的踏实和满足。

一把红豆皆是泪，此时想想，如同把玩的念珠，一颗一颗都成记忆，皆是夏夜微风的一股清流。

如今每天看她朋友圈晒着老公孩子和幸福，得知这颗散发着蓝色光芒的珠子终于还是找到了一个不错的盒子，深感欣慰。

初恋的美好在于没有结果，
有结果反而没有了回味。

03

回忆那么美

回忆的美好
在于
我们不曾忘记
不曾忘记的
都是美好

但愿人长久　何日君再来

扫码伴读

那南风吹来清凉，那夜莺啼声细唱，
月下的花儿都入梦，只有那夜来香，吐露着芬芳。

——邓丽君《夜来香》

　　一个偶然的机会，听了一场邓丽君的追忆演唱会，表演者是被称为邓丽君接班人的陈佳，她从举手投足到唱歌技巧都是邓式风格。所以我很好奇现场的观众到底是喜欢听她唱歌还是喜欢听她唱邓丽君的歌。

　　整场听下来，可以感受到陈佳对于偶像和音乐发自内心的认同和欣赏，刚才我的疑惑也许本就不是问题，喜欢邓丽君和喜欢陈佳本就无法完全隔离开来。靠模仿明星出道，她并不是第一个，如今因造型奇葩频上热搜的陈志朋有一段时间也以模仿张国荣作为自己的卖点，只可惜无果而终。

　　作为一名80后，我对于邓丽君的了解并不算多，大多数的信息都是从长辈那里听来的。比如，她的歌在当年被称为"靡靡之音"，她和成龙的一段爱恋，等等。你可以不迷恋她，你可以记不住完整的歌词，但毋庸置疑邓丽君那一段段耳熟能详的旋律早已成了一个时代的记忆，当那些熟悉的旋律响起，我们都会无意识地跟着哼唱起来。

《月亮代表我的心》这首在全世界传唱度最高的华语作品是由邓丽君翻唱走红的，但我第一次听这首歌却是朱桦的版本。

当时这首歌是热播偶像电视剧《老房有喜》的主题曲，主演是赵薇和苏有朋，当时他们借着《还珠格格》的热度正是当红。电视剧中有这样一个情节，苏有朋饰演的苏小鹏和赵薇饰演的吉祥坐火车去苏州，在车上两人一起吃鸡腿，以至于和自己喜欢的人在火车上吃鸡腿成为我对未来恋爱的一种美好想象和期许。"你问我爱你有几分"的缠绵，在那时原来是带着鸡腿味的。

很多年前，演唱会还不像现在这么普及和接地气，听闻张学友的演唱会都开进了四川的二线地市，深觉接地气的同时也感叹明星的不易。

在那个还没有《中国新说唱》，没有《中国好声音》的年代，中国电视屏幕上有一档音乐节目却是风头无二的爆款，火到很多人建议那个节目的导演应该去执导春晚。

猜到了吗？就是《同一首歌》，简单来说，就是电视版的演唱会。

2000年的一期《同一首歌》请王菲演唱了一首《又见炊烟》。《同一首歌》在那个时代是非常有地位的，能够登上《同一首歌》的舞台对于歌手来说是莫大的荣幸，所以每一位歌手在舞台上都特别卖力，追求极致。

但王菲不同，在演唱的时候，王菲只站在舞台的一角，然后就这么恬恬淡淡地唱完了整首歌。后面才得知，靠着模仿邓丽君出道的王菲翻唱过很多邓丽君的经典作品，比如《但愿人长久》《南海姑娘》《你在我心中》等。如果邓丽君还在，不知后面还有没有王菲的叱咤多年。

在陈佳演唱会的现场，来了很多邓丽君歌迷会的成员。也许他们忘不掉的不是邓丽君，也许他们不愿意放弃的也不是一个已经离开我们多年的歌手，而是一段属于他们的岁月，属于他们的青春。

料峭春风在外，岁月芳华在内。邓丽君离开我们已经有二十多年了，倘若她知道多少年后，我们依然聚在一起听她的歌，她一定会一阵哽咽，忘记那别离时候。

几许良辰，几许美景，但愿人长久，何日君再来。

东方三侠

什么是真正的朋友？

年轻时打球，年老时打牌，是夜空里的繁星，

互相映照，互相闪耀，相互鼓励，相互守望。

"东方三侠"，除了我，另外两位一位是昔日国航头等舱乘务员Z，一位是中国日报社的时政英文男记者X。

X和我相识在大学二年级，他那时是我们学校代课的英文老师，还好是教我下一届，否则我要是做了他的学生，他笑场我砸场，课是没办法上下去的。他是我大学胖女友的网球球友，再后来，胖女友和我想忘于江湖，而X却成为了我的好兄弟好朋友。

我和胖女友虽然无果而终，但当时也是爱得死去活来。当然，如今在朋友圈看到她找到了心中所爱而且没有我帅，我还是抑制不住手滑点赞了。

X的情路更为坎坷。他的恋爱对象先后有网球教练、记者等各种职业，我一度怀疑他有"集邮"的癖好。如今他和一个北京姑娘彻底稳定了下来，也开始算计着生活。虽然租住的北京北五环小房子被我们一帮朋友笑称是"贫民窟"，但人家总是手指一点，打开极富科技感的电视盒子，告诉我们他坐在家里，可是看遍全球电视直播。

那次马航MH370事件，他专门截图自家电视国际频道画面发了个朋友圈，其目的不说自明。所以一段时间里，我们都不敢买那个电视盒子，毕竟，我们是本土的，他才是国际的。

Z就不说了，说多都是泪。Z以前还在做乘务员的时候，日日天南海北飞，今天在慕尼黑，明天就跑去了马累，天天晒美景，顿顿晒美食。某一天，这样的日子过够了，直接辞职做起了上市公司的总经理秘书。年轻的时候玩遍世界，如今做了总经理秘书，这不就是人生赢家吗？但可惜他是个男秘书，总经理是个女的，不知境遇如何。

某一日，他神神秘秘地打电话对我说：川哥，赶紧买一只股票，代码是××××××。事后，还专门发微信和我反复确认。想到他是上市公司的总经理秘书，我哪里还敢怠慢，全仓杀入，然后呢？然后就没有然后了。

想来我们"东方三侠"最快乐的时光是前年，我们一起去了一趟泰国。

刚到曼谷那晚，计划是晚上11点起床去夜店潇洒，谁知道一觉睡到了后半夜2点。X醒了，一声吼，叫醒了我们，然后絮絮叨叨说浪费了一晚上，紧接着跑到卫生间开始西装笔挺地打扮起来。Z和我睁开眼安慰他两句，闭上眼继续睡了。隔天早上，我们发现，X没有脱衣服直接躺在了地上，看来是还没等出门也睡过去了。

第二晚，我们精神百倍按照计划再次出战，可刚入舞池准备摇摆，X却说困了。叫得最欢的是他，困的也是他，你说扫兴不扫兴。

Z那个时候刚和一个网游的女主播恋爱，每天微信不断，你侬我侬的甜言蜜语时时分享。我们也是醉了，醉了一路。不过，人家和那个女主播现在还好着，算下来也两年多了。

有的朋友经常见面聊得甚欢，聊完之后一片虚无；有的朋友虽然许久不见，但坐下来哪怕只言片语也觉心照不宣。

男人在一起更多的是热闹，更多的是谈天说地推杯换盏，好像每个人都那么强大，没有什么解决不了的事，换句话说就是：要面子。回想这么些年，彼此报喜不报忧，很难听到对方说过不去的坎，难以跨越的伤。Z基本属于自立自强型的，感情稳定的他事业心爆棚，除了工作别无其他。X心思细腻总被情伤，倒是偶尔需要我照耀他一些"真理"之光。

原本是我们三个男人之间的感情，却让我想到了杜琪峰一部早期的作品《东方三侠》，主演是梅艳芳、杨紫琼和张曼玉。剧情用一句话概括：三人打怪兽。在影片的结尾，《春之祭》响起，画面定格，我们看到了女侠，更看到了豪情和气概，丝毫不逊于多取材于男性的英雄赞歌。

梅艳芳在这部戏上映十年后带着勇敢、骄傲以及万千宠爱逝去；张曼玉隔年问鼎戛纳，息影至今；杨紫琼在好莱坞风生水起，如今武戏炸裂文戏精彩。她们三位同为演员，因戏结缘，戏后的人生方向却如此不同。

平时Z和X常住北京闯事业，我在杭州入怀温柔乡，许久不见他们，甚是想念。

补记：

　　如今X一番折腾进入了小米，Z踏实肯干成了一家投资公司的副总。Z感情上延续了文章所述，看来职场得意也未必情场失意。

　　男人到了中年，联系会变少很多。各有各的事业，各有各的家庭，各有各的烦恼，只是回忆从前，那些单身时、年轻时、青春时的快乐依然让人怀念，亦如从前。

断舍离是不是一种无情

断的能力在于"观"，
如果你可以观察到自己的负面思考，你就已经成功一半了。

—— 心灵作家　张德芬

今天收拾房间，找到了很多三四年前买的鞋子、衣服，当时都是最爱。

刚买的时候往往要连穿一个星期，哪怕脏了之后也不忍心拿洗衣机摧残，要一件件手洗。但甜蜜期也就在两次手洗之后消耗殆尽，还好现在很多洗衣机都有一个轻柔模式，算是给了自己一个些许体贴的借口。

小学毕业，妈妈送了我一辆捷安特自行车，精致的黄色漆面，当时还很先进的防爆轮胎，浑身散发着名牌的光芒。这辆车一直跟随我走过了初中、高中，从东北来到四川，最后的归宿是被妈妈送给了姑姑家的姐夫。

在那个《当代歌坛》风靡的年代，爸爸送了我一部SONY随身听，通体的不锈钢非常亮眼，哪怕现在看起来也是科技感十足。

高中读的寄宿学校，一个月才能回家一次，我们叫它探亲假。某一次，爸爸妈妈带我去当时堪称潮牌代表的"班尼路"买了一件蓝灰色的外套，别提我多喜欢了。记得后来，外套的拉链有一个破损，我都心疼了半天。那个时候，"班尼路"的代言人还是刘德华。

高二，北方的姐姐和姐夫到四川探亲，送了我一双NIKE的网孔运动鞋，顿觉脚下生风，潮爆整个校园。

高中毕业，大姨带着我买了一件卡帕的棉服，大学穿了四年，毕业后又穿了两年。

大学毕业，爸爸妈妈送了我一块"天价"美度表。

有一年和妈妈逛商场，当时，妈妈特别喜欢一件1000块的裙子，但因为价格而很犹豫。在我的煽动下，咬咬牙还是买下了。当时看到妈妈纠结不定，我就暗下决心：以后工作了一定要给妈妈买很多好看的衣服。

后来几年，得益于家里经济条件的宽裕，而且我也能赚钱了，妈妈也顺理成章的消费升级了。而那条已经款式过时的裙子，却一直被妈妈放在衣柜里，她说依然很喜欢。

......

我总说妈妈不与时俱进，衣服堆满衣柜，应该来一次"断舍离"。

日本山下英子的家庭生活类著作《断舍离》风靡一时，提倡我们不断地给生活做减法，身无外物自在随心。只是环顾四周，断舍离后会不会在孤寂美的间隙有一种无以言表的寒意。时间飞逝，很多人聚散相忘，再没有那些物的陪伴，又如何让我们在回忆的汪洋中找到那一个个曾经陪伴我们航行的坐标，此时会不会让我们有些惶恐和彷徨。

有些断舍离是主动的，我们不喜欢了，我们不想要了，我们有更好的了，那些旧的、坏的、过时的，已经无用了。有些断舍离却是被动的，在不知不觉中，当我们发现的时候，它已不在了。

在《断舍离》这本书中，有这样的一个观点：断＝断绝不需要的东西，舍＝舍弃多余的废物，离＝脱离对物品的执着。《断舍离》要人们重新审视自己与物品的关系，从关注物品转换为关注自我，关注自我的需要。

　　但物品的价值和自我的需要如果只关注当下，那么未来呢？有人会说，一季没穿的衣服其实明年也根本不会穿了，放在衣柜就是占地方外加心理安慰；搜集在家的各种酒店的一次性牙刷总觉得可以给来家小住的客人使用，但到头来发现牙刷一大堆，客人寥寥无几；外卖多送的一次性筷子，超市的周年赠品，参加活动的伴手礼，林林总总的东西的确占满了我们格外昂贵的居住空间，从经济上算账这些东西都只配一个字：丢。

　　但如果那件"班尼路"还在，那双"NIKE"还在，那块"美度"还在，看似无用的它们会不会让我此刻倍感珍贵呢？物品本身是没有感情的，但经过人手，总有一个特别的温度赋予了它超越本身的情感。每一样物品都可以有一个价格，但时光却会赋予它们一种价格之外的价值，可能是一个故事，可能是一份思念，可能是一句没有说出口的爱意。

　　有时候我在想，我们丢弃了那么多东西，的确，它们是旧了，它们不好用了，但这种断舍离算不算也是一种无情。

　　而这种无情，是健忘的。

华妃和如妃

《甄嬛传》和《金枝欲孽》都是后宫戏，
很多人说这样的剧格局不大，
但有些生活的哲学却蕴藏其中。

TVB有一部剧叫《金枝欲孽》，应该算是宫斗剧的鼻祖。剧中那些插曲咏叹，至今小曲一哼，可绕梁三日。

在那部剧中，有一个个性鲜明、毒辣却也让人喜欢的角色：如妃。她是皇帝的宠妃，也是皇后和各嫔妃的眼中钉，恨不得杀之而后快。在最后一集，她本有机会逃出皇宫开启新的生活，但她终究是选择留了下来。她说：我10岁就入宫，只学会了与人斗，我出去还能干什么呢？紫禁城就是我的家。

是啊，一旦把一个地方当成了家，割舍总是伴随着痛苦。

几年后，《甄嬛传》横空出世，而华妃就是《甄嬛传》中的如妃，恃宠而骄，敢爱敢恨。听说当时在拍摄的时候，这个角色并不是主角，但没想到播出之后一片叫好，华妃这才凭"本事"出现在了宣传海报上。

想过没有，为什么无论是如妃还是华妃，都不是正面角色却收获了这么多的粉丝？

仗剑走江湖，快意人生的逍遥哪怕在武侠小说中也是少数。东方不败够武功盖世了吧，"你有科学，我有神功"的他早已进化成为"东西方不败"（参看《东方不败风云再起》）。但就是他，在和令狐冲的决斗当中，因为顾及所爱莲弟而功亏一篑。所以，无论是谁，我们总要顾及很多，怕自己做得不好，怕别人不喜欢自己，怕自己又失去了一个机会，怕失败了怎么办，等等。

而如妃和华妃，在一定程度上，做到了最大限度地"放肆"，这难道不是我们很多人心中的小希望吗？清代巨贪和珅第一次见到乾隆，他的内在语就是：得宠于一人可比得天下要容易多了。你难道以为"十全老人"乾隆真的不知道和珅背地里的勾当？人之将老，他无非也是想找一个乐，反正死后还有嘉庆替他收拾残局。

多年前，和《金枝欲孽》的太医扮演者林保怡一起去韩国参加活动，我说现在有一部剧很火，叫《甄嬛传》，里面的华妃让我看到了《金枝欲孽》里一个人物的影子，你猜是谁？保怡大哥想来是不看电视已久，竟一时语塞。旁边的经纪人赶忙提醒：华妃有点像如妃的性子。这位《金枝欲孽》中太医的扮演者赶紧诚恳地点点头。是的，华妃不就是如妃嘛！

华妃应该算是《甄嬛传》当中对皇上用情最深的人吧。当然皇上也深爱过她，以至于她把甄嬛的孩子弄掉，把沈眉庄推入湖里，这些事皇上都没有追究。就算哥哥年羹尧大逆不道，她还是被保留了答应的位份，要不是最后甄嬛道出欢宜香的真相，生命之火被彻底浇灭，再战上几个回合也不是没有可能。

只可惜，如妃最后和皇后一直斗了下去，华妃却早早地收工回家。我们喜欢她们，哪里还需要那么多理由呢？还敢多问？就不怕娘娘赏你一丈红吗？

有时候，相比大餐，
一碗简单的海南鸡饭更让人满足。

欢喜在食前

人生不能像做菜，把所有的料都准备好了才下锅。

——《饮食男女》

又到了一天的饭点，好像每天吃什么也成了需要思考的问题。

大学时一位教授曾经说过一个师姐的故事。那位师姐声好形优，绝对是播音系的标准毕业生，毕业后在一江南富饶之城工作，可是没干两年就辞职考研了。问其原因，她说是厌倦了每天都要思考吃什么的日子。这算是答案吗？是不是洒脱自在甚至有些不可思议。如今，几年过去了，那位师姐回炉再造之后是否依然纠结于吃什么就不得而知了。

在相当长的一段时间里，我对吃好像没有什么讲究，可能小时候看《西游记》看得多，倒学会了猪八戒的"猪吞猪咽"，总没有细细品味食物之美。

很多人对外婆做的菜总是印象深刻，否则你看杭州火爆的那家馆子怎么叫"外婆家"，不叫"姥爷家"？我姥姥年岁已高，很难再有机会品尝她的手艺，但有两道姥姥做的菜至今想起来都能让我打上两个饱嗝。

姥姥祖籍山东，对于面食的热爱和精通那是顺理成章的。第一道拿手菜就是大肉包子。

有一次，姥姥做肉包子给我和表哥吃，那鲜嫩的肉馅充盈着汤汁，咬上一口，香气四溢，味道极好。就这样，我一个接着一个，吃得肚皮圆鼓鼓的，呼气都带着一股肉馅味。重点在后面，当天后半夜，我突然觉得肚子鼓胀然后起身狂吐，这也是我记忆中唯一的一次吃东西吃到吐的经历。

记得当时吃了第一锅，我和表哥齐说好，姥姥就像一下子上紧了发条，越加为自己的厨艺自信，一鼓作气，蒸了一锅又一锅，我们就了吃一个又一个。时隔多年，我对包子总还是有一些偏爱，但绝不敢多吃，恐再上演当年尴尬的一幕。

姥姥的另一个绝活就是枣馒头。姥姥做枣馒头总会在馒头上雕刻出各种造型：小刺猬、小猴子、小老鼠。用剪刀一番精雕细琢，宛如在进行工艺品的创作。这么想来，姥姥的艺术天分着实存在，从枣馒头到自己缝制的小玩偶小挂件，可见姥姥才是"跨界"艺术家。后来，我注意到姥姥家的剪刀只有一把，怪不得这枣馒头味道如此多样。

大学食堂有美味吗？我一直好奇大学食堂的菜怎么总是重油重盐。广院（中国传媒大学）最著名的肉饼，吃起来硬邦邦，肉馅少得可怜，离校之后也从未怀念。想来很多人想念肉饼，不是忘不掉那没有半点回味的冷油条，而是肉饼背后那一张肉感的面庞吧。

大学时关于食物的记忆还有一次自助餐。

某个周末的中午，寝室四位兄弟一起去北京三环内的一家廉价自助餐厅开荤，68元每人，肉食为主。68元对于当时的学生，那就是拿出一个月大概十分之一的生活费来享受一顿饭的欢愉。烤肉、炸鸡、鱿鱼，轮番轰炸，你来我往都不肯放下筷子，恨不得要把一个月的饭给吃出来，那个时候我才理解了什么叫"饕餮"。来自山东的室友晨胡吃海塞风卷残云，最后临走前竟然还灌下了几瓶啤酒，惊为天人。原计划吃完步行回校，但谁知出了门，饱腹难承，四个人不约而同地选择打车。

吃自助餐什么时候最舒服？不是吃完摸了摸肚子，打个饱嗝的时候，而是你前往自助餐厅的路上，这一路上，各种美好的想象会让你的期待值加倍，幸福感飙升。

你想想，走进餐厅之前，你脑海中一定浮现了各种美味，从颜色到香味你都可以尽情地想象。而走进餐厅，那翻动着大钳子的阳澄湖大闸蟹，那厚而润的三文鱼，那还流着油的烧鹅，那还发出滋滋声音的煎鹅肝，怎能不让人心动。欣赏完这食物的盛筵，实际上，自助餐最享受的时光已经结束。自助餐无美食，这一直是我坚信的理念，但这丝毫不影响我们对吃自助餐的盼望，就像品茶时，闻茶自然有所乐趣，那"看菜"就是自助餐的核心美感。细细品味也好，大快朵颐也罢，落座后的自助餐剩下的就只有果腹，再无欢喜。

我曾经邀请很多南方的朋友去吃东北菜，血肠也好，乱炖也罢，在很多南方朋友的眼里这简直是糟蹋食材。想想其实也有道理，就拿乱炖来说，五花肉、茄子、土豆，哪一样都可以单独成菜，东北人却非要一锅端，这不是某种意义上的"暴珍天物"是什么？再说这个"乱"字，既然是美食，怎么能取一个"乱"字呢？太不讲究了，怪不得排不进八大菜系。

虽不进八大，但去过澳门的朋友都知道，在与葡京赌场相距不过100米的地方，就有连着的几家东北菜馆。也许在东北人心中，西装革履走出赌场，再钻进一家东北菜馆吃个"地三鲜"，这也许是某种意义上的潇洒和豁达吧。

说到东北菜，有一道菜却很精致可口，名为"雪绵豆沙"，里面是豆沙，外面裹着鸡蛋清，软糯可口。听说现在很多东北菜馆都因为这道菜制作过于复杂而常年售罄。

久居南方，口味变杂，实难再真切品味东北菜之精髓，每每日思夜想，口水飞流，但若真一鼓作气开车数公里去餐馆点上几个菜，入口的同时，不禁感叹：不过尔尔。重庆火锅也好，南京盐水鸭也罢，就算是伦敦的三星米其林，想想自然是美味无二，吃吃也只是"而已"二字。

让我们珍惜"吃前"的念想，那份混合了模糊和想象的美味往往给予了我们动筷的力量，但殊不知动了筷子，这场豪华盛宴却已结束，真真正正的是"欢喜在食前"。

酒肉穿肠

红酒白酒和啤酒，我更偏爱啤酒，
红酒太浅尝辄止，白酒太江湖豪气，
只有啤酒，气泡之上还有泡沫，可爱而醇香。

虽然有各种科学数据证明了酒精会增加癌症的风险，虽然有各种养生玉律让我们过午不食，但多少个日夜我们依然仰头干掉一杯扎啤然后打一个饱嗝，或者甩着腮帮子在街边吃得油星四溅。酒局和饭局，如若尽兴也是人生一桩快事，让你感受到了一种狂妄的肆意，哪怕这不是现实。

记忆中，父亲戎马一生，喝起酒来颇为豪迈。但从小到大，母亲都不允许我喝酒，上大学之前，家庭聚会我一般都是和姨妈们姐姐们坐在一起的，喝些杏仁露可乐之类的，所以一直到现在，我还保有对橙汁的喜爱。

　　工作之后，喝酒的机会渐渐多了起来，慢慢地，发现自己竟然不自觉地在点菜之后加了一瓶啤酒。朋友聚会，有时敬一杯酒，就好比递上去一张名片，你来我往，感情也就这样产生了。

　　参加过很多的饭局，有和老师同学的，有和领导客户的，有和朋友知己的，有和陌生男女的。

　　以前在一家媒体工作，直来直往，爱开玩笑，也颇得领导喜欢，毕竟大多数领导和下属吃饭，都是图一个乐。抱着领导跳舞，搂着领导喝酒，现在想来都一阵后怕。后来渐渐明白，为什么当时可以"狂放不羁"，因为心中无所求无所欲，饭局全凭开心二字，倘若对领导有所求有所欲，抑或自己心有"千千结"，都不可能再那么酣畅淋漓。

　　很多人说参加饭局累，累的原因可能就是心有所想，倘若大大方方敞敞亮亮，也许酒肉穿肠后真的就可以相忘于江湖。喝过酒，迷离之间，该说的话说了，不该说的话也说了，我们应该珍惜那些肆意的饭局和那些容忍我们肆意的人，不是吗？

　　世界上有很多浪漫的喝酒地。丽江算一个，文艺青年扎堆，风花雪月谈情说爱。曼谷算一个，物价低廉，很容易感受到什么是酒池肉林。但真正好的喝酒地就在我们的身边，因为浪漫关乎的不是地方而是和谁。

那年大学还没毕业，跟随一个旅游节目到了云南怒江大峡谷。那里民风之淳朴我前所未见。那夜，只记得我在大峡谷中，听着江水滔滔，伴着福贡情歌，喝着同心酒，拉着两个傈僳族姑娘的手在院子里打圈圈，此刻想想还会红脸，此言非虚。

见识过河南朋友上来三杯下肚你随意的豪迈，还有东北朋友酒逢知己千杯少的称兄道弟，有意思的是在香港，看到隔壁几桌，人手一瓶嘉士伯，举起落下整整喝了一晚。所以你看，内地的饭局，喝酒是主题，而对于香港的朋友，酒无非只是调味。

还有那年和死党在上海，夜店狂欢到3点，两个人出了夜店，一边走一边吐。之后，他北上北京，我移步杭州，听说他后来在高铁上吐了一路。多年后回想起来，彼此还要会心一笑。

如今，摸摸日渐隆起的啤酒肚，写写文章，也该洗洗睡了。

梦的结尾是贺岁片

日有所思，夜有所梦，梦并没有什么神奇，
把梦境记录，也许是对现实的补充或者抗争。

总是和朋友们抱怨，生活之无趣，比不上半个梦境。

在这个梦里，背景是古代的某个朝代，我是一个普通的乡村男孩，十来岁的样子。

某日，来了一群类似于锦衣卫的官兵，将整个村子的人驱赶到一地。人们议论纷纷，有说去做苦工，有说去当某个实验的小白鼠（我怀疑这个情景可能和近日看的美剧《地球百子》有很大关系，其中有类似的剧情设定）。

最后锦衣卫赶着我们离开了村子。

　　一路上，前途未卜依然闲庭信步的我慢慢地落下队来。忽然看到远处人们已经聚集，那些锦衣卫竟然拿着枪朝人群扫射，惊恐万分的我赶紧逃跑，可惜后面很快上来了一帮追兵。巧的是，就在这时，天上飞来一只风筝，我抓住了风筝的线，竟然飞了起来，飞出了1公里左右，追兵依然穷追不舍。梦也是讲究主角光环的，你看，我能凭风而飞，怎么说这都是一个精彩故事的开始。

　　突然，风力戛然而止，我竟然以极快的速度掉落在了地面。眼看追兵已至，旁边冒出来一位婆婆，她说："小伙子，跟我走，你就会变成其他人的样子。"谢过之后，我就跟着她一路走，因为也没有镜子，匆忙之间，也不知道自己有没有变换外形。但很快，我就知道，这招根本不行，这位婆婆真是害我不浅。就在这时，追兵已到跟前，伸手就想把我抓过去，我一看不对，两腿一蹬，换了方向，逃命而去。

　　一路狂奔，梦里的我变身跑酷达人。来个上帝视角，那就是"一镜到底"，堪称完美。

　　紧接着，一堵围墙横在了我的面前。这围墙，同样的外观其实多次出现在我的梦里。按照以前的梦，翻过围墙，外面就是另外一番天地。在曾经的梦里，围墙之外有动物园，有戈壁滩，有草原，

有一个非常陡峭的沙漠山等，除此之外，还有一个关键点：大凡被
人追至于此，翻过去就天朗气清了。

可这次与以前不同，翻越过去，我发现有一个追兵竟然追了上
来。在以前的梦境，后面追我的无论是鬼怪还是野兽都会在围墙外
束手无策，无功而返。眼前发生的一切让人有些意外，三步两步，
那个追兵来到眼前，一个巴掌搭在我的肩上。

我连忙游说他：这一片我很熟悉，你何必做你的差，你跟我
走，这一片土地就是我们的了，岂不是更逍遥自在。

还没等他给我一个反应，只见百米之间，一群追兵竟然"穿
越"般驾着北京吉普车一路狂追，估计已经误认为刚才追我的人背
叛了他们，叫嚣着要抓住我们两个人。

事已至此，我想那个人应该还是有些动摇，后面有几次很好的
机会，他都没有抓住我。

这个时候，来到了一处高地，有一位吐鲁番大叔在卖西瓜，旁
边有一头骆驼。怎么可以得到他的骆驼呢？我知道他肯定是不愿意
卖骆驼的，所以就故意说要买他整车的西瓜。正在讨价还价，后面

的吉普车追了上来。

一不做二不休，我直接骑上了骆驼，挥动皮鞭就开始狂奔。慌忙之中坐在半挂车西瓜堆里的吐鲁番大叔非常不满，我向他喊：后面追我的人要是带走我，你就拿不到西瓜钱了。话音刚落，只见吐鲁番大叔一个飞燕掠空，直接跃了上来，赶着骆驼飞速驰骋。高手在民间啊！

镜头一转，再来说说那个追兵。我一把把他拽了上来，说："你看我们现在已经是一头骆驼上的人了，你们的人一定以为你已经叛变，不如就跟我一起走吧。"

他的运气太差了，跟上次一样，还没等他表态，追兵已至。

吉普车上的追兵已经把枪对准了我们这边，就在这千钧一发之际，没想到我突有神力，飞身一跃，跳到了吉普车上，把那杆枪给折断了。这还没完，枪滴滴答答地流了很多机油，吉普车里那一边的"猪队友"说，千万别流机油啊，容易爆炸！

一听到这个线索，我朝着那一摊油就是一枪。此处梦境设计了一个慢镜头，子弹飞了一会儿，然后击中了目标。但结果并没有浓烟四起，炸声震天，而是突然定格画面，在我们所有人的背后出来了一组现在的当红明星，唱着"恭喜你发财"就出场了。敢情这是一部贺岁喜剧片吗？

惊心动魄，没想到最后是这样的结局。

记得小的时候看过一部恐怖片，影片的最后，男主角的父亲告诉他，原来所有的恐怖情节都是他设计的一份特别的生日礼物，原以为喜欢冒险的男主角会很喜欢。

无言以对，欲哭无泪。不是梦不好，只怕不是每个人都能梦到最后而不中途而止。

扫码伴读

梦境总有一种支离破碎却又千丝万缕的奇妙。

莫干三剑客

莫干山有句谚语："三胜竹云泉，三宝绿净静。"

"三胜"指竹胜、云胜、泉胜；

"三宝"指绿宝、净宝、静宝。

但实际上，还有我们莫干三剑客。

来杭州四年，今年也组成了一个新的死党小组：莫干三剑客。

"莫干"二字取自我们单位门前那条又长又堵的主干道，而我们三个人就来自路旁那家闪闪惹人爱的单位。我们这个组合有一位姑娘，她有一些漂亮，她还有一些疯狂。疯狂在哪？人生两大爱好：拍照和做衣服。

拍照，你会说哪个女孩子不喜欢拍照。但你要知道，我们这位L姑娘可是将爱好发挥到了一个新的境界。你给她拍照，她会给你进行10分钟的摄影指导：怎么拍瘦，怎么拍美，怎么街拍，怎么"大牌"。然后，你的任务就是不断按下快门，她会自数123，所以我们都称她123小姐。现在我一听到谁喊123，我的右手食指就抑制不住做按压动作。

L来自山西，朴实的本色之上，人家倒是一路朝着时尚大步前行。这不，由于每次流连大牌橱窗又囊中不足，人家愣是扯布三尺，自己照着大牌款式做起了衣服。后来干脆成立了一个品牌DESIGNER LI，好看的多做几件在朋友圈卖卖，一度成为买家秀的领军人物。只盼她早日出现在四大时装周，背景音是彭佳慧那首《走在红毯那一天》，想想都非常绝妙和魔性。

莫干三剑客另一位，混搭天王K，抠门鼻祖。每次发完朋友圈，你要是不给他点赞，他就会私信提醒你，日后还会和你磨磨唧唧。去买个肯德基，非要你照着他手机的优惠券来点单，抠门至此，怪不得连个女朋友都没有。

这不，之前他和L一起欧洲游，走之前购买各种出境服装，信誓旦旦将盛装旅行进行到底，小西装，高跟皮鞋，围巾，一样都不少。关于是否要登顶巴黎埃菲尔铁塔，他和L产生了分歧。因为天气寒冷，票价不菲，L本来是不打算上去的，但K冷冷地来了一句：这是他二十几年的梦想，一定要完成。是的，只要有自信，哪里都是T台，因为你是无与伦比的混搭天王。

前不久不知道他从哪里得到了几斤靖江的蟹黄包，半夜10点给我打电话叫我去他家吃包子。半夜约人不是对酒当歌而是吃包子，这样的事估计只有他能做得出来。

什么是朋友？我想就是时时让你想念的人，就是被你毫不留情挂掉电话而不会生气的人，就是当你还没到他的城市就会提前联系约局的人，最重要的，是想到对方就可以让你扬起微笑的人。愿好友常相伴。

莫干三剑客，万岁。

补记：

如今L已和青梅竹马喜结连理，事业生活双丰收。作为他们婚礼的主持人，我见证了他们的幸福。

K如今高升部门领导，朋友圈少了不少自拍，多了不少官宣，只是偶尔的斗嘴依然没大没小。

期待一次三人旅行，最好还吵得天翻地覆，然后和好如初。

那些差点忘记的他们（一）

在爱的记忆消失前，请记住我。

——《寻梦环游记》

曹雪芹为什么会写《红楼梦》？据蒋勋的解读，曹雪芹觉得自己平凡，但不能忘记他身边那些不俗和灿烂。这也让我想起了一些人和一些事，记录下来以免忘记。

Z

Z是我小学的音乐老师。20世纪90年代，Z每天潇洒地骑着一辆艳红的自行车，一头秀发在肩后"跳舞"，一路哼着歌就进了校门，拉风程度就像现在开着一辆敞篷小跑。

她教我们的音乐常识我大都忘得差不多了，但有一句话至今印象深刻。她说：学音乐不是让你们成为音乐家，而是让音乐给你们带来快乐，像我，每天唱着歌回家，觉得特别开心。

Z最拿手的是编舞。在她带领下，学校舞蹈队总是在各项比赛当中拔得头筹，风光无二，当然也包括她。

有一次市里组织汇报演出，合唱队、舞蹈队和管弦乐队都在大教室统一化妆。突然，一位老师气冲冲地推门进来，说Z老师非常自私，把自己舞蹈队的妆化好就带去现场彩排了，完全不帮助其他团队化妆。这样的唠叨和评价也立即得到了其他老师的应和。

但当晚，最出彩的就是Z老师的舞蹈队。今天想来，也许她只是很在乎，很认真，很直率，很简单。

所以前不久，当小学同学告诉我Z离了婚，目前还只是一名音乐教师的时候我一点都不惊讶。而那位当年批评她的老师已经当上了校长。你能说，这是做人和做事的差别吗？

S

S是我高一的邻桌，眼睛不大，一笑起来眼角挤满了皱纹，常年穿着一身旧西装和一双皮鞋，说话发出吱吱呀呀的声音，甚至有时候根本听不清他在说些什么。关于他，有很多怪异而离谱的传说，比如传言他早上5点左右就起床，然后去水房用自来水擦皮鞋，比如每天晚上莫名其妙地趴在某位同学的床铺面前直勾勾地看着对方，等等。

可是后来，他的一个举动却引起了大家的反感，而关于他这个行为，其实我是很早就知道的，只是当时并没有在意。

有一天下晚自习，他神神秘秘地把我叫到一边，说自己写了个小说，想让我看看。常自诩为文艺青年的我当然应承下来。熄了灯，开着电筒看了半宿，至于写的什么内容如今已经记不大清楚，但记得里面有很多露骨的情爱描写。第二天，我问他为什么会写这些细节，他说这是意识流的一种。看他诚恳的样子，我也没有多说什么。

没过多久，班里的一位女同学拿着S写的露骨情书找到了班主任，班主任自然好一顿批评。可是，没想到S变本加厉，在课堂上，在课下，都对那名女生进行了各种骚扰。最后，S就被学校勒令退学了，从那之后，就断了联系，也不知道他到底去了哪里。

很多年后，听说S在家乡和爸爸一起在菜市场卖鱼。到现在，我也一直没有想明白，当年的一切，到底哪里出了问题？

L

L是我读大学时认识的一个很漂亮的女孩，因为长得像当年央视的主持人文清，人称小文清。时过境迁，文清早已经转行做了演员，而小文清的轨迹也是跌宕起伏。

认识L是在大学的一个活动中，后来一直保持着不错的朋友关系。她有一个表演系的男友，当时两个人蜗居在学校附近一个十几平方米的小房子里。L是桂林人，做得一手好菜，可是留得住男人的胃，却不一定留得住男人的心，美好的校园恋爱终究逃不过分道扬镳的结局。

大学毕业，我去了杭州，她留在了北京，一会儿在网站工作，一会儿做红木生意，一会儿做餐饮。再后来，她竟然跑到广州开了一家米粉店，每天在朋友圈发着各种美食。工作上，她是彻底稳定下来了，关于生活，她很少谈及。

一天晚上，她忽然发短信问我看了最近热播的网剧《××》了吗。我正摸不着头脑。

她说："你还记得我前男友吗？"

我说："记得啊！"

"他在那部剧里。"

我惊得一时反应不过来。

那些差点忘记的他们（二）

死亡不是生命的终点，遗忘才是。

——《寻梦环游记》

秋风送爽，让人浮想联翩。走过街角，多少缘分都伪装成了擦肩而过。一时犯懒，日子过了也就过了，一晃大了，二晃老了，三晃那是万万不敢想的。鲁迅写过《朝花夕拾》，孙浩还唱过"朝花夕拾杯中酒"呢，看来大凡回忆是带着快感的，至少在长夜里，我们可以踮起脚尖，翻过时光的围墙，拼命寻找当时的自己。

Z

Z是我大学好友的男朋友，工科生，贵州人。大学时和我那个好朋友O谈恋爱之甜蜜，堪称是校园恋爱的教科书：一起看电影，一起去旅行，一起吵架。好朋友O当时还是少女系的"傻白甜"，记得一次，Z过生日，他的老外好朋友半开玩笑地送了一盒杜蕾斯给Z，就在饭桌上，O当场翻脸，觉得这个礼物佐证了Z是个不折不扣的色情狂。

当时我是站在O这一边的，毕竟学生时代，单纯伴着保守，并不知道在超市收银台附近的杜蕾斯实际兼具着找零功能。要是换作现在，我肯定和O说，你们不用这个，难道用猪盲肠吗？我又"马后炮"了。总之，学生时代，他们这样的奇葩故事还有很多，毕业了也算和平分手，漂亮的O自然换了新男友。

有一天，O突然给我打电话说到了Z，原来Z后来进入了外企，工作也算顺风顺水，很快爬上了中层，也攒够了北京房子的首付款，谁知贪心作怪，2015年的股市让他玩了一次昂贵的"过山车"，把自己和家人以及未婚妻的积蓄全搭了进去，如今被查出来轻度抑郁。她说到这里，我很坏地补了一句：还好没和他在一起。

O说："你还真信啊？你见过抑郁症患者在朋友圈晒诊疗单的吗？无病呻吟，我最了解他了。"

Q

Q是我隐藏得最好的朋友。大学时，我们一起主持一档校园点歌节目，每个周末都会在录音棚待上整整一天。有一次她参加选美大赛，我在台下紧张得要命，但结果却是振奋人心。

毕业后，我们在同一个城市，同一个单位，我也见证了她的喜怒哀乐。

刚工作那会儿，感觉浑身上下有用不完的力气，工作之余，我还玩起了短片拍摄，拍摄的第一个短片就是：女主播的一天。主角自然就是Q。

我们一起唱歌，一起逛街，一起爬山，一起野餐。

后来，期待爱情的她终于遇到了真命天子，海外泳池边的浪漫求婚让她彻底放下了心中防线从女神回归平凡。和我的其他很多朋友不同，我和Q没有什么惊天动地，也没有什么歇斯底里，甚至没有吵过架，当然也没有牵过手。但在内心，我懂她，分享她的快乐也感受她的悲伤和寂寞，我相信，当她遇到困难，第一个想到的还是我。

希望Q幸福。

感觉此处的文字有些落寞，千万别，我来带带节奏，嫁入豪门的Q，已经当妈的Q，必须快乐，必须幸福。

不解释的话，估计以为我对Q有意，完全没有，就是这么破坏气氛，哈哈。

W

说实话，我记不住W的名字了，她是一位理发师。和她的某种联系都是将近20年前的事了，当时我还是一名小学生。我不知道大家是如何理解理发师和顾客的关系的，有时候，她会像你的家人，一边给你理发，一边和你聊着天。为什么说化妆师、造型师知道明星很多的八卦，因为在特定的时刻，你只有特定的交流对象，在心里你会假定对方就是你的知己甚至是家人。

W是理发店的老板，中年妇女，身材很好，每次去理发，我都会兴高采烈地和她讲着学校的趣事。那时候她家还有一台彩票投注机，她偶尔还会暂时放下手里的电推子去帮客人打个彩票，回来继续给我理发，也继续着前面的话题。

现在看来，我很难想象，一个30多岁的成年人如何和一个10岁左右的孩子进行着可以维持下去的交流。这些温暖的底色我也就不渲染了，重点是，某一个雪后的下午，我去理发，发现她招了一个学徒。和往常不同，在理到我头顶的时候她忽然把学徒叫了过来，轻声地说：你注意，这个孩子的脑袋有个位置不平整，这里要注意一个手法。她一边说还一边做着示范。

很多年后，回想当时的一幕，我忽然感动于师徒传承的一种认真和对一个孩子的尊重，因为她说那句话的时候声音是那么轻，以至于我还滔滔不绝和她聊着，而她已经完成了一切。

Y

如果列一个"贱人"清单，在C心里，Y肯定是占有一席之地的。Y是一个广告公司的设计师，两人相识于网络，一见钟情，可惜让C"被小三"。对方包裹着才华的外衣以及和女友长期分居的客观条件，C少女之心懵懂，虽知不体面，但还是和Y纠缠了半年之久。

后来断了联系，各走各的人生路。只是C偶尔会说交往过最有品位的男朋友还是那个渣男Y，而且他做的麻酱油麦菜特别好吃。也许两人也就这样相忘于江湖，不负如来不负卿罢了。谁知，C竟然一直舍不得删掉Y的电话，让它在那躺了很多年，后来有了微信，通讯录自动推送，两人就又在微信相遇了。

某一日，C自称怀着叙旧的心态和Y约了个国贸三期的下午茶。两个人聊聊彼此的近况，叙叙当年的年少旧情也算愉快，谁知道Y忽然从上衣口袋拿出了一张房卡做了一个暗示。C拿起包就转身离开，一边毫不客气删除拉黑，一边给我打电话："想不到这么多年，渣男掉了头发还是那么渣……"

我反问道："要是给你一盘麻酱油麦菜呢？"

女孩们啊，不要轻易见前任，否则连那些残存的美好回忆都会消失殆尽，成为损友取笑的谈资或者闲来无事写写文字的素材。过去的就让它过去吧，毕竟最好的我们不是过去，不是未来，而是当下。

我的奥运日记

有一个梦由我启动
把汗水融化成满脸笑容。
——周华健《我是明星》

在中华人民共和国成立70周年国庆大典上，有一个"圆梦奥运"方队，当那首《北京欢迎你》响起，感动和回忆一涌而上。11年前，我非常荣幸地成为北京奥运会网球中心的一名志愿者。时至今日，很多细节已经记不太清，找出当年在校内网记录下的流水账日记，文字稚嫩，这其中，更有一份对青春的不舍和怀念。

接下来，把这几篇"小宝藏"分享给大家，没有太多改动，只希望它保留原本的样子。

2008年7月14日

今天第一次去了奥林匹克网球中心，早上7点出发，却在10点多才到达，换乘了三次公交，还打了一个车才到。没办法，一是路比较远，二是网上的线路有点差错。但值得庆幸的是明天就有接送大巴了。

首先来说说我的头衔和工作：看台席和混合区助理，主要是为中外记者提供服务。作为网球场馆志愿者，第一个任务就是全方位地熟悉场地。今天把CC、C1、C2三大比赛场地和外围训练场走了个遍，地上的位置比较好掌握，但负一层因为没有参照物，辨别方向就需要一些技巧了。

我被分配到了C1组，除了我，其他志愿者都是来自清华的大学生，大家在一起很开心，互相交流着彼此学校的趣事。

主管乔姐姐真的很漂亮，和我们分享了很多要点和注意事项。

明天10点报道，我会努力的。

2008年7月15日

早上9点坐大巴抵达了北区网球中心。

之后，我们跟着主管反反复复地走媒体大道，熟悉各个功能区的划分，从文字记者工作室到媒体采访间，今天比昨天有了些头绪，自己还画了草图，心里踏实多了。

10点，志愿者到齐之后开始今天的考试，内容就是各个演练的要点。

午休时间，我们C1组聚在一起玩了一盘"杀人游戏"。

下午是很刺激的实景演练，由几位主管们充当记者，模拟各种情境，比如在我负责的媒体采访混合区，出现了违规进入、超范围拍摄等状况。

明天全场安全检查，我们放假，哈哈。

2008年7月17日

今天外籍的志愿者到岗了，是两位来自美国的大学生，还礼貌地夸赞了一下我的外语。

轻松的上午过去了，迎接我们的是疯狂而刺激的下午：经理亲自考查志愿者的"流线图"。为此，主管乔姐姐中午还给我补了课。

4点左右，考试开始，很不幸，我是第一个被考查者，也就是我带着经理和我的主管在她的要求下找到每个功能区，比如快速到达新闻发布厅，然后到最近的卫生间，等等。感觉良好的我对自己的表现颇为满意。

全体考试结束，我们集中在一起听点评。只听经理说：这次考核成绩最高的是田川。我的天，我好开心。但紧接着我才知道这是一个反问句：田川？

后来经理说了，我的表现都很好，就是最后一个问题犯了很严重的错误："跨区"了，也就是我走出了规定活动范围。

哎……

2008年7月26日

今天我们场馆进行了着装的真实模拟演练，运动员、裁判员、工作人员、志愿者都上岗待命。

早上，要去入口处打卡拿饭票，我在一个空调前利用其光面照照自己帅帅的样子，毕竟是第一天穿制服啊，我左看右看，突然发现经理和主管们在镜子里冲我笑。我……真的无语了，我忙说：呵呵，志愿者嘛，要注意形象。经理说：嗯！对仪态仪表是要重视。哈哈哈！

后来，我们统一都去了CC场的看台，又走了一遍看台席助理的工作流程。赛场上，是我们国家队的两位队员在熟悉场地，周围可以感受到一种略显紧张的气氛。

结束后，我们进行了集体的讨论和总结。

不错。明天休息。

2008年7月29日

今天我们C1组比较清闲，上午是开会和总结。中午，我们11点便去排队，还比较早地吃到了午餐。中午在餐厅看到了已经被调走的佳佳，好不舍，她可是我们的外语翻译啊，也为我们团队做了很多事。当时我们8个人真的是"天造地设"的一队，希望她在新的岗位上一切顺利。

午后休息，佳佳也来了，但琦琦因为有事请了假，致使8个人始终没有凑齐。我们照例玩了"同伴教育"——出题者只能回答"是"或者"否",其他人则需要猜出出题者的题面。

小新出了一道题,题面是"田川",大家说我怎么可能猜到嘛。

下午去CC混合区演练,还是发现了不少的问题。

赵远,每次玩"同伴教育"总是很兴奋的样子。

珂珂,笑点有所提高,她今天没吃"药",哈哈哈。

钟昱那小子不老实,讲起黄色笑话"一本正经"。

今天很开心,场馆所有的场景布置也到位了,很漂亮!

明天是我们的考试日,大家加油!

2008年8月10日

今天是网球正式比赛的第一天,但天公不作美,雨时时在下。第一场是中国的孙鹏对战智利种子选手Fernando Gonzalez,虽然实力悬殊,输掉了比赛,但从比分上看,孙鹏表现得也不差。当全场一起喊"孙鹏,加油",在场的我们心里阵阵感动。

混合区的整体运行还是不错,但某些记者的违规拍摄给我们增加了很多麻烦。

坐公交车回去的路上,成了无数外国友人的指路员,从场馆到天安门,甚至在下车的时候还有人问我北京烤鸭。我用手里的地图和不是很丰富的词汇基本完成了任务。一位来自瑞典的白发老人还和我滔滔不绝地分享了他在日本旅行的经历，多可爱的小老头啊。他最后冲我笑笑：You see, this is my first time to by bus without shoes（你看，这是我第一次不穿鞋坐公交车）。今天下雨他还把鞋直接脱了，好幽默的一位老人。

第一天正式上岗，遇到了一个小插曲。一个EP（摄影记者）在比赛之前的空当来到看台席拍照，我向他解释了半天他的位置不在这里，但他还是坚持要在这个角度拍摄，并且说在比赛开始之前他是有这个权限的。最后，在我的伴随下，还是让他拍了一张，他也比较"听话"地走了。后来我向主管报告，主管说这种情况这样处理还是可以的。

补记：

在整理这几篇日记的时候，那些曾经模糊的画面慢慢变得清晰。虽然，大家现在已经分住在天南海北，但这些美好的记忆却一直给予我们温暖和感动。

前不久，在美国工作的钟昱回成都，一起吃了一顿火锅，热气腾腾之间更觉岁月不居，青春不散。

请送我一双PRADA

小时候，喜欢玩具，长大后，喜欢相聚。
小时候，喜欢奔跑，长大后，喜欢迪奥。

还有三天就过母亲节了，从昨天开始就陆续收到各大商场和购物网站的提醒，那些文案句句戳心，仿佛昭示着你要是不准备买点什么，那简直就是对不起美丽的妈，虽然这些短信都是群发的。

大学时，我在北京读书，每年过年回家之前，都会暗自估算着尺码给老妈买衣服。那些款式和设计哪怕现在看来也并不过时，可见我品位不俗。老妈总是赞美说这花色、这样式是我们那个南方小城万万没有的，但其实轻点鼠标，哪里有买不到的珍奇。

给父母买礼物，切记要看得见摸得着。试想，在某个姐妹牌局上，也许运气不佳，你老妈频频往外掏钱，但只要她拿出闪亮的LV，收获老姐妹几句夸奖，而且再漫不经意地说出"儿子送的"几个字，想必输钱的烦恼早已消散。

父母收到孩子的礼物肯定是开心的。试想以后我的儿子，当然也可能是女儿，如果能给我买一双皮鞋，我定是会穿着去跳广场舞的，但一定要记住你爸我喜欢PRADA。

和老妈不同，我那节俭的老爸是21世纪艰苦朴素作风最佳的践行者。家里数他赚得最多，却节约得有异常人。自我有印象起，他就没有主动给自己买过衣服，补过无数次的皮鞋让我家楼下的修鞋匠都跑到我妈那里抱怨：实在是没办法修了啊！

很多年前，家里装修，我妈貂皮加身宛如皎皎明月般走进一家建材市场。选好材料后，店老板殷勤地对我妈说："大姐，那这料就让你的工人帮你拿回去吧！"他说这话时指着的是我爸。

从小时候给妈妈叠的纸玫瑰，到后来的服装、皮包，给妈妈的礼物总归可以列一个清单，而送给爸爸的礼物好像就有些少得可怜。今年过年给他买了双皮鞋，后来听妈妈说还是大了半码，可以垫个鞋垫穿。你看，这么多年，我连他的尺码都拿不准。但我知道，爸爸也有一个更为耗费财力的爱好：旅游。

前年，当我提出带他们去一趟马来西亚深度游的时候，爸爸爽快地答应了。在槟城一座寺庙，我们都放弃再去攀高，我爸一个50多岁的"小伙子"硬是自己爬上去饱览风景。

所以想来，爸爸也是需要礼物的，他需要的是欧洲十国游，亚马孙丛林探险，美国西海岸风情自驾。想想，不觉背后一阵清凉。故我一定要赶紧结婚生子，把这鸿鹄之志般的旅游计划托付给下一代，让他从小就立下带爸爸带爷爷环游世界的梦想，这才叫志存高远。

有关送礼物的故事还有很多。

小学，同班一位女同学送了我一串红豆，并附上那首"红豆生南国"，你看，多诗情画意，多甜蜜浪漫。但在那个时候，这就是赤裸裸的早恋。记得我还用透明胶带把那带着香味儿的信笺一道一道的缠好，只能感叹一句：此物最相思。

后来在初中，一位"女汉子"竟然在放学的时候直接骑着自行车在回家路上堵截我，霸气地送我一瓶亲手折的千纸鹤，五颜六色煞是好看。

读大学，当时我们寝室一位室友深爱菲姐，且正值2013年菲姐复出巡回演唱，可高昂的票价对于学生来讲"只可远观"。鉴于这位"歌者"这么深爱王菲，我们寝室几位兄弟暗地里各自拿出三分之一的生活费合买了一张内场票，在演出当天送给了那位室友，其感动之情云云不再赘述。

这不，转眼下个月，寝室某位兄台将在北京大摆筵席，想必这位"歌者"定要进京献唱一曲的，你要知道我们可是预支了"演出费"的。

现在收礼物、送礼物已变得稀松平常，家里各个牌子的香水已经可以装满一个无印良品的收纳盒。有的时候，朋友临时通知生日聚会，随手从家里拿一件也算合格且体面。就这样，我觉得自己慢慢变成了"礼物流通处"。

A送的香水转送给B，B送的面霜转送给C，放之四海而皆合适的礼物比比皆是，一分钱没花大家还都获得个"过手"幸福。因为有研究指出，拆礼物才是最快乐的事。

不多说了，我要下楼去收快递了，又是什么礼物呢？

盛夏的果实

扫码伴读

你曾说过会永远爱我，也许承诺，不过因为没把握。

——莫文蔚《盛夏的果实》

这个月，看了任贤齐《齐迹》巡回演唱会成都站的演出。正如他在演唱的间隙自嘲：知道自己的歌都没什么难度，所以更加感谢大家一直的喜欢。

但小齐多虑了，原以为会崩塌的票价最后全部是溢价售出，门口的黄牛傲娇而淡定。当年追他的迷弟迷妹现在都成了中产，自然拿真金白银支持曾经的偶像。

虽然《对面的女孩看过来》是他的代表作，但看到已年过五十的他在演唱会上边唱边跳扮可爱，还是觉得有些用力过猛和违和。但相比唱火这首歌的阿牛，小齐已经算是有所"善终"。

娱乐新闻曾报道，阿牛转型导演失败，如今孑然一身，为了生计，不得不"桃花朵朵开"地出现在各种商演场合。对于歌手而言，一首经典曲目唱一辈子并不罕见，但谁又真的愿意永远被定义在曾经的自己，消费昔日光辉而折射点点光亮呢？

我们都希望偶像不老，我们都希望偶像永恒，把这一切投射到偶像身上，他，他的歌，他的光辉都是我们无法抹去的年华注脚。

但偶像永远保持不变和与我们一起成长，到底哪个更好呢？

演唱会的后半程，当小齐唱到"问天涯，望断了天涯"时，迎来了全场大合唱，也许沉舟侧畔有千帆，看过红尘问天涯才是30多岁的我们最强烈的情感共鸣。

那年，看了一场梁静茹的演唱会，已成辣妈的她依然唱着青春校园的口水歌，少了一份"暖暖"，多了一份"勇气"。偶像永远希望保持鼎盛时期的最佳状态，仿佛那时的一切都是最美好的，只是忘了，歌迷们已经长大。

作为歌手，单纯为了情怀而唱，作为歌迷，单纯为了曾经而听，从某种意义上来说未尝不是一种抱团取暖似的自我安慰。

至少我更愿意看到偶像的成长。

前不久，梁静茹发布了一张新专辑《我好吗？太阳如常升起》。主打歌《微光》中第一句歌词：寻找萤火虫的微光，等待沼泽中的璀璨。已步入婚姻生活的她，哪怕再浅唱低吟，也让人觉是明明是在烟花绚烂的篝火晚会上，却躲在角落寻找所谓的星光，闹了半天还是萤火虫的，这不是矫揉造作是什么？她就不能唱一唱属于她现在这个人生阶段的所思所遇所想吗？非要生拉硬扯元气满满，等待她的也许是下次演唱会上，大合唱依然是那首《分手快乐》，想必这也是《会呼吸的痛》了吧。

真正让我看到成长的是莫文蔚。在她澳门演唱会的"安可"（Encore的音译，意为再来一首）阶段，一身球服的她再次上场，和所有演职人员合唱了一首《盛夏的果实》。明明是爱情歌曲，却让人听得热泪盈眶，有一种倔强的励志感。哪怕是经典曲目，通过改编和新元素的加入以及唱法的创新，依然可以传递出不同的音乐气质，从而有了不一样的情感内涵。我们乐见这种音乐的生长，经典再现是怀旧，但经典之上的创新是传承，这更加高级。

"不要刻意说，你还爱我，当看尽潮起潮落，只要你记得我"，出道26年的莫文蔚让我看到了一种《绝色》的潇洒。

十一年的火锅底料

著名美食家蔡澜曾经认为火锅是最没有文化的料理方式，
但"没有什么事情是一顿火锅解决不了的"依然是四川人的生活信念。

　　C是四川交通广播的主持人，微胖，也许是因为曾经在甘肃工作了五年的缘故，不开口，你以为他是西北汉子。

　　那天约了火锅局，热腾的火锅蒸汽缭绕在我们中间，他从工作的按部就班聊到成都房价的势如破竹，从甘肃时光的情感纠葛聊到四川的活色生香。谈到他主持所涉及的汽车领域，他眼里的光芒让我心生艳羡：有什么事比从事自己喜欢的工作更值得自豪呢？

　　他是2006年考上的大学，如果我不复读，应该和他是同届。

　　2005年，他作为一名高二学生，原本是不具备参加艺术考试资格的，但他苦苦哀求当时中国传媒大学的招考老师，交了报名费，最后得到一次参加初试的机会，权当练手。

没想到实力和运气合力将他一直推到了复试。在复试结束后，反正他也是有些"玩票"性质，竟直接问考官自己考得如何。说来巧，他问的考官正是我后来大学的专业小课老师，一位非常和善的老教授。老教授惊异于他高二竟然可以来参加艺术类专业考试，考都考了，就给了他一个答复：考得还不错，前几名是有的，明年正式来考吧。

就为了这句话，他鼓起信心，实实在在地准备了一年。

第二年，他如约参加考试，只可惜考官已经不是那位老教授。忙中出错也好，画蛇添足也好，聪明反被聪明误也好，他在进入考场准备面试前"套近乎"般问当场的主考官：那位老教授今年来了吗？

可想而知，当场主考官内心的嘲讽和不屑。为此，他竟然连初试都没有通过。

当然，到底为什么初试都没有通过，不见得就是因为一句略显多嘴的问候，但时隔多年回过头，他也承认这份稚嫩的人情练达让其后悔多年。

他的往事让我也回想起自己的高考之路。

我本身也是2006级的高中毕业生。第一年，经父亲好友指点，参加了中国传媒大学电视编导专业的选拔，凭借着一点胆识和灵气也顺利地拿到了专业合格证。但后来高考失利，和梦想失之交臂。为此，选择了复读。

第二年的艺考之路颇为顺利。

电视编导的考试轻车熟路，没有难度。

播音主持考试，没有经验的我穿了件毛衣就去录像，在西装革履的考生面前也丝毫不觉突兀，竟顺利走到了最后。

文艺编导考试，我原本为自己音乐基础不好而担心，结果在艺术测评环节，老师放了一首我刚刚完成的小提琴曲《渔舟唱晚》的古琴版，问我这首曲的名字是什么。现在回想起来，老师对我的厚爱可见一斑。

高考成绩公布，C过重点线20多分。因为当时四川有位考生和我一样拿到了电视编导专业合格证，且高考成绩有600多分，我自然再次没有被电视编导专业录取，顺理成章地滑落到第二志愿播音主持。

现在，有时候也会想，造化弄人，人生关键的几个选择，有些是主动的，有些却是被动的。

火锅热气蒸腾，C叫嚷着该下点素菜了。想着彼此的境遇和擦肩，我竟有些感动于这份惺惺相惜。从2007年参加艺考到今天，11年过去了，一顿火锅下了11年的往事，这味道，一言难尽。

在成都，没有什么是一顿火锅解决不了的。

谁人不识周杰伦

如果生命对每个人

都不公平也没道理

那就让我带着孤寂

继续前进

——周杰伦《逆鳞》

　　周杰伦即将在成都开唱，朋友圈掀起了一波又一波热议的浪潮。第一波是宣布演唱会定档，朋友圈开始缅怀青春。第二波是最近的买票卖票晒票。不出意外，第三波即将出现在演唱会的当晚，刷朋友圈看演唱会可能是一种无奈却又极具性价比的接近偶像的方式。

　　当晚，截取一段现场演唱会的视频，定个位发个圈儿，看演唱会最重要的"晒"已经完成，谁又会在乎你是在现场还是戴着耳机听着网易云音乐呢？

　　这么多年，周杰伦好像从未从我们身边消失。

我第一次知道周杰伦是在小学三年级左右，算一算，已经是20年前了。当时班上一位同学神神秘秘地对我说：推荐一个歌手给你，特别有才华。一边说一边递过来一盘卡带。

如果我没记错，那张专辑的名字叫《范特西》。你看多洋气，范特西，当时英语还没有现在这么普及，光听名字就带着一种潮范儿，从嘴里说出来都有种与众不同的高级感。所以，在那个时候，提到周杰伦，最先的评价往往是很有才华，接下来才是歌儿好听。

当时，很多专家一度对周杰伦进行抨击，认为他的吐字不清容易误导学习汉语的学生们。时隔多年，也许那些专家发现，周杰伦还是周杰伦，当他们孩子的孩子晃动着手机用抖音录制《告白气球》时，这些已经当了爷爷奶奶的专家们估计还要乐呵呵地配合一番，全然忘了曾经的不屑和嘲讽，毕竟《听妈妈的话》还是好的。

烈火烹油，鲜花着锦，周杰伦也膨胀过。当年有这样一条娱乐新闻，说在某一个颁奖典礼的后台，一位娱记转交给周杰伦一封信，信的内容大致是歌迷认为周杰伦的新歌不好听，没有创意。娱记问周杰伦如何看待歌迷的评价，周杰伦说，我现在要把袜子脱下来，麻烦快递给他，对了，别忘了告诉他有点臭。现场记者们集体语塞。

每个时代都不缺少歌手，但能成为一个时代歌手的却是凤毛麟角。周杰伦当之无愧是80后90后的集体偶像，这体现在无论你是不是周杰伦的粉丝，到KTV，保准可以完整地唱出他的五首歌。别不相信，不信试试。

细细数来，周杰伦的音乐风格的确多样，古典、中国风、蓝调、嘻哈、说唱好像都被他玩了个遍。合作艺人的跨度之大，从费玉清到宋祖英，你不觉得周杰伦才是娱乐圈的最大公约数吗？

周杰伦的《以父之名》有这么一句歌词：没人能说没人可说，好难承受，荣耀的背后刻着一道孤独。斗转星移，有着昆凌和娃儿的陪伴，想来这种孤独感已然不会存在。

其实我最喜欢的一首周杰伦的歌比较冷门，是《印第安老斑鸠》：沙漠之中怎么会有泥鳅，话说完飞过一只海鸥，大峡谷的风呼啸而过，是谁说没有，有一条热昏头的响尾蛇，无力的躺在干枯的河，在等待雨季来临变沼泽。

R&B和Hip-Hop的曲风，加上巴洛克式的伴奏，用西班牙风格的弦乐，演绎了一种英国式的复古风。要知道，唱这首歌的周杰伦当时还蚁居在地下室，方文山也是穷困潦倒。

5月1号，成都人的朋友圈必将被周杰伦刷屏，回忆席卷全场。记得去年，周杰伦在杭州的演唱会有一个美女怼前任的彩蛋，不知道在这座网红城市，又有多少惊喜等着我们。

没有票的各位千万别叹气，听周杰伦的，"珍惜一切就算没有拥有"，朝着演唱会的方向大喊一声：谁人不识周杰伦。

这也是我们对青春最好的纪念。

天涯共此时的寂寞

黄庭坚说春天很寂寞："若有人知春去处，唤取归来同住。"
高适说旅途很寂寞："故乡今夜思千里，霜鬓明朝又一年。"
李白说喝酒很寂寞："举杯邀明月，对影成三人。"

你发微信的时候，开头第一句是什么？

在吗？

估计后面有正事要说。

吃饭了吗？

下一句估计就是要不要一起约。

更多的时候，我们会问：在干吗呢？没有任何的指向性。

此刻，北京的A朋友在加班做着报表，同时和我商量要不要计划一趟四天的旅行；杭州的B朋友刚刚下班准备回家，挤上地铁，眯着眼小睡一会儿；成都的C朋友和妈妈一边吃饭一边闲聊；广州的D朋友在自家开的米粉店里忙前忙后。

想想自己，每天这个时候又在做什么呢？上节目，吃饭，健身或者其他。我时常有翻看日历的习惯，对去年的今天在干吗充满了一种好奇和探索欲。而把时间轴推移，我想得更多的是昨天的这个时候我在干吗？

城市灯火穿插着车水马龙，天涯共此时。我们在不同的地域，却在同样的时空，就像一个个画家，在时间的画板上挥洒，画板一样，但我们仍然偶尔想偷偷看看身边的人都在画着什么。

看电视的、照顾孩子的、夜跑的、加班的、吵架的、打牌的、闹分手的、求婚的，好像这个世界每一分每一秒都充满了平行的精彩。

有一段时间，特别爱逛商场，倒不是因为我是购物狂，而只是觉得在人群当中，一种踏实感让人着迷，至少在这个时间，这么多人和我做着同样的一件事。同样的道理适用于戏剧、影院，等等。

我们是需要知道别人在做什么的，这不是窥私，而是一种合群的渴望。就好像你在漠河瑟瑟发抖，我在丽江四仰八叉，归根到底，我们是共此时，而因为共此时，也许我们不寂寞。

寂寞是一首孤独的歌，是在静谧中独享一个人的清欢。

我们都想成为王菲

是谁用带露的草叶医治我，愿共我顶风暴泥泞中跋涉。
是谁说经过的路都是必需，磨难尽收获，山云做幕攀岩观火。

——王菲《无问西东》

上周，专程飞到无锡看了一场湖南卫视的《幻乐之城》。

在现场，可以毫不夸张地说，所有观众都是王菲的粉丝，无论是60后阿姨的默默感动，还是90后鲜肉的疯狂尖叫，不同的是情感表达方式，但相同的是他们都爱王菲，以至于"爱屋及乌"给予了当期表演嘉宾窦靖童最大的支持和欢呼。

为什么大家都爱王菲呢？

王菲的唱法汲取了小红莓乐队等欧美流行音乐人的技巧，天赋异禀让她毫不费力地成为非常会唱歌的歌手。

但唱得好不足以成为偶像。

去年年底，王菲的《幻乐一场》演唱会引起了不小的争议，但有一个不争的事实，单纯从歌唱技巧和状态来说，王菲早已不是巅峰状态。但对于一个偶像来说，这些真的重要吗？或者说有那么重要吗？

龚琳娜曾批评王菲对于歌唱事业的懈怠，我想王菲的粉丝们其实不用着急去为偶像抱不平，因为她之所以成为偶像，就是她的每一段旋律每一句歌词，都已经脱离了技术和技巧，成为一种大众情感的共鸣，从而建立自己无法撼动的立体形象。单单唱得好，是永远无法成为明星的。

王菲有很多非常经典的作品，《我愿意》《红豆》《闷》等，都不是充数之作。王菲极具辨识度的嗓音以及极富个人特色的演绎，总会让一首首歌的情感变得丰富，一首首伟大的作品得以流传。

在《幻乐之城》的现场，王菲依然很"王菲"。我们做一个类比，去年《演员的诞生》中，章子怡非常专业和极具张力的点评让人印象深刻，她总是能发现舞台上演员的闪光点和不足，但是在《幻乐之城》里，王菲并不是一个很善于评价的人，所以点评的内容基本上可以忽略。也许偶像开口对于菲粉来说已经足够了，但是对于非菲粉来说，可看性并不强。还好，我所在的这一期有窦靖童，所以王菲开口说的话基本等于10首歌的量，这对于专程去看王菲的粉丝们来说已经圆满了。

在《幻乐之城》中，每个人都是主角，梦来了，梦醒了，王菲怎么会忍心打破一个个梦境呢。所以，她就是那么冷冷地看着，也许会流泪，也许会感动，但那种距离感是无法逾越的，这也是为什么在高曝光生活的当下，王菲依然充满了神秘感。

偶像是需要距离的，你能否认吗？

王菲选择窦唯，舆论哗然；王菲选择谢霆锋，舆论哗然；王菲选择李亚鹏，舆论哗然。王菲的每一次选择都让大家觉得无法理解，但这就是她，从不在乎外人的看法，活在自己的世界。

因为才华和机遇，她早早完成了人生积累，不用像普通人那样多多少少向现实妥协，她有能力选择自己的人生和生活，而且勇于接受和承担，我想这对于大多数人来说都是无法达到的。富甲一方的商业巨擘可能有更大的企图，融资上市兼并，所以一路在狂奔不敢松懈；写字楼里的白领有车贷房贷父母老婆孩子，任何一个选择都会权衡再三。在这样的情况下，有几个人可以像王菲一样潇洒自在快活人间呢？

　　因为你没有，所以你喜欢，因为我们无法像王菲一样生活，所以我们喜欢王菲。

　　无论再过多少年，她依然是梦中人。

飞行何尝不是旅行的开始，
飞机就是我们云端的家。

万籁俱寂在云端

生活到底有多重？假设你背着一个背包，
感受勒在你肩上的背带，感受到了么？
——电影《在云端》

不知道从什么时候开始，我既厌烦着飞行，却也期待着飞行。没有密闭恐惧，虽然坐飞机等同于关在一个铝筒里穿梭云端；也没有飞行疲劳症，毕竟有"一觉"千里的技能加持。期待，也并不是因为那摇曳客舱的空姐，毕竟我的前前任还是载旗航空的美丽乘务长。

实际上，真正令我神往的是在云端的万籁俱寂。

自从有了微信，不知你是否和我一样，感觉生活已经被信息所填满。睡一个午觉，数条微信未读。有沟通工作的微信，有家人闲聊的微信。比如我妈，看到我的微信头像是在日本京都拍摄的一张照片，专门发了微信消息提醒我要注意公众人物的影响。妈妈是东北人，我理解妈妈的意思，所以我恨不得竖一面红旗，穿一身中山装，来一个正义凛然。

还有隔壁那家服装店上新的提醒，周末朋友聚会群正探讨是要自驾还是包车，林林总总，一不留神仿佛就错过了整个世界。回复完毕，长舒一口气，方才觉得步入正轨，万象更新。

微信很多，烦吧，但如果没有微信，你会开始慌张，甚至多疑。朋友们怎么不找我玩了？怎么公司没有给我安排新的任务？自己做群主的群怎么都没人说话，要不要发个红包顶一顶？所以，不到三分钟，你就忍不住要看一眼手机，正好一条微信蹦出来，大喜，我还没被这个世界遗忘。

但在飞机上则不同，任你天大的事，从客观到主观，也只有全部作罢，虽然这也是无奈的潇洒。

听闻某些航班开通了Wi-Fi，心中略怕，人生稍有的片刻宁静也终要脚底打滑溜走了。

我曾经在微信当中用过一个标签：人生无事小神仙。人生若是没有事，岂不就是神仙吗？可是神仙就真的无事吗？太上老君时刻都想着那一炉子的仙丹，玉皇大帝因为一个弼马温也要头疼半天，更别说二郎神三圣母等纠缠于天道人伦的诸位了，所以，神仙不一定是无事的。要做就做小神仙。你看，出事了，有师父出面。下界成妖伤天害理了，师父一句"还不知错？"就啥事没有了，敢情这人间就成了他们的游乐场。

时常梦想做一个山野小道，每天暮鼓晨钟，砍柴煮饭，好好完成一番造化和感知。但脑海当中，此刻思考的却是我该穿什么颜色的道袍呢？深蓝？浅蓝？还是现在流行的靛蓝？茶园之中，来个发带，布袜轻衣，拍一张照片发到朋友圈一定获赞无数。你看，弄了半天，还是为了微信。修道之心也仅凭想象吧。

此番皆乃飞行中的胡乱所想，窗外万里云海，难道不应该由衷赞美万籁俱寂在云端，了无杂尘何以欢吗？

扫码伴读

当我们有能力给予别人温柔，
就让这世界多一点温暖吧！

温柔以待

愿你被这世界温柔以待，
即使生命总以刻薄荒芜相欺。

年纪轻轻却是房东一枚，只是这租金停留不过半日就要交给银行，所以我也就是这一日房东流水财神罢了。

自己的房客是一位从未见过的小姑娘，平时也没什么交集，最多的无非就是家里修修补补的小事，但凡她开口，金额不大，我也就直接转账了。

某日一早，我看到她前夜给我的留言，说换了锁花了560元，让我把钱转给她。在转账前，我问了一句怎么锁忽然坏了呢，她回了一句：钥匙进去转不动。

那我就很奇怪这钥匙怎么就转不动了，换个锁芯怎么会花了近

600元呢？看出我对金额有疑问，她没有回复我文字，而是直接发了一张她和修锁师傅的微信对话截图，上面有转账560元的记录。只是巧合的是，那张截图上面也有修锁师傅的电话。

我一个电话打过去，开锁师傅还有些莫名其妙，后来总算了解到实情，原来是这姑娘把钥匙忘在家里了，开锁师傅在门外只能采取破坏性拆除，最后换了一把新锁。

得到这个消息，在当时，我是有些气愤的，气愤于我平时对她那么信任，哪怕她一张10元钱的卫生间贴膜也会让我转账，哪怕她隔三岔五地拖延房租我也没有丝毫的责怪。但现在，她竟然为了一些小利而对我撒谎，除了失望，我想不到其他词来形容那时的心情。

我发了一条微信和她说明我已经了解到了真实情况，因为是她自己忘带钥匙造成的后果，这个责任应该她自己负。她没有回复我。我不知道隔着手机屏幕，她会做何感想。

这事过去了半月有余，某晚下班，一个人走在成都的街头，看着万家灯火，忽然一股莫名的感伤涌了上来。八年前，自己也是一名租客，也体会过那种漂泊和无依，我如此对待一个独在异乡的女孩是不是有些苛责和无情？600元对自己来说也许就是一顿大餐，但对她来说也许是一笔不小的数字，想到这里，忽然又有些自责。

我们每个人都希望被这个世界温柔以待，只是这个温柔有时候何尝不是用艰辛换来的。

大二那年，自己迷上了拍摄视频。拿着家里赞助的几大千，我兴奋地跑到了北京的中关村。对于各种DV机的型号，我了解的并不多，无非就是听听导购的讲解。这个时候，一个亲切的小姐姐接待了我，给我推荐了几款热销的机型。出于一种信任和自己的无知，我选择了其中一个外形酷炫的新款。付完款，还没等我走出店门，只听里面的导购们炸开了锅，"你运气好啊，一单顶我们好几单了"，"怎么不是我来接待这个不懂的买家呢"，继而是一阵笑声。我听到这里，心里一惊，这里面有问题。

那个时候，用的还不是智能手机，我赶紧打电话给同学，让他在电脑上帮我查下这款机型。

为什么我们会不快乐，是因为我们知道得太多。一查，这网上的官网价格和我买的价格几乎差了一倍。我当时差点被气到昏厥，转身进了店门找他们理论。当时的消费者维权还不像现在这么被关注和重视，3·15热线的回复是中关村电脑城属于议价商城，他们不管，而店铺的意思就是卖多少钱那都是他们销售的本事。这就是赤裸裸的耍流氓，几千块对于2008年还在读书的我来说绝对不是一笔小数字，我被气到大哭。但这都无济于事，那个卖我东西的导购依然在旁边忙着招呼着下一个顾客。那也是我平生第一次感受到了无助和无奈。

谁不希望这个世界能够对自己好一点，谁不希望这个城市能够有一盏灯为自己而亮，谁不希望所有人能够理解自己的苦理解自己的痛理解自己的所有。当我还没买车的时候，看着城市里飞驰的奔驰宝马，总在想，坐在车里面的人恐怕没什么烦恼吧。但是当自己也有了一辆不错的小车也飞驰在街道上时，却发现烦恼一点都没减少，试问自己有多少次开着车是欢声笑语，又有多少次开着车是寂寞的夜归人呢。

所以，当我们有能力给予别人温柔，就让这世界多一点温暖吧。

地狱空荡荡，但天使在人间。

一餐一梦（一）

听说，人一生要花费一年时间寻找放错地方的东西，
用六年时间来吃饭。

一日三餐，柴米油盐，稀松平常，波澜不惊。一日三餐，却总
有那么一些味道和同桌人让我们难以忘怀。有首歌唱道：黄粱一梦
二十年，依旧是不懂爱也不懂情。

D是一名空姐。我和她相识的时间非常好记：2014年的3月。第
一次见D是在北京回杭州的航班上。清新淡雅的五官，浅粉的唇彩，
在职业装的映衬之下，更觉漂亮且不俗。接过她递来的饮料，再无
交集，甚至都没有一个眼神的碰撞，但我还是看清了她别在胸前的
工牌。

下了飞机，我抱着感叹和记录的心态在微信朋友圈发了一条状
态，大概意思是说在航班上遇到一位美丽的姑娘，备注了下她的名

字缩写。但做者无心，观者有意，巧合的是，一位同事的房子租给了这家航空公司的某位乘务长，这位"红娘"同事直接调查了对方的情况，并在我还没到市区的路上就把对方的微信推给了我。

再后来，断断续续地联系，一起吃过饭，一起看过电影，但次数加在一起也不到一只手的手指数。在内心，我也全然觉得是交往一个朋友，没有往其他的方面想。

忽然有一天，她问我为什么还不结婚，我大概是找了一个男人要立业再成家的理论，之后的谈话我已经模糊了。再后来的联系是半年后，发现她微信朋友圈很久没有更新，我发了条微信，方才得知，她已经辞掉了工作去了一个遥远的地方，结了婚，过着以前完全没有想过的生活。至于她的他，她是和我聊过的，只是我没想过她竟然如此果敢和迅速。

为爱走天涯，我们每个人都做过这样的梦，想过这样的事，但终究没有踏出那一步，而一个小女子却深深地让我感觉到了一种"为爱痴狂"的原动力。

还记得我们一起吃的最后一餐是在一个很文艺的街边餐厅，我点了一份炒饭，不油，刚刚好。

我们吃的每一顿饭都应有一个故事，
或好或坏，或长或短。

一餐一梦（二）

有些饭总是要吃的，
有些人总是要陪的，
有些人总是要等的。

他说来，你说去，终究还是错过了。

沸腾的火锅，模糊了彼此的视线，哪怕流泪，也借口这麻辣
的蒸汽，相顾无言。畅谈彼此的近况，工作，感情，如意或者不如
意，隐隐作痛却隐藏在记忆的深处。时过境迁，还能坐下来吃个
饭，对于分手的人来说，不是没爱过，就是爱太深。

A和B相识在北京，一个是刚工作的菜鸟，一个是临近毕业的学
生。第一次见面吃的是东直门的川菜，第二次见面牵着手奢侈地吃
了个哈根达斯的单色球。

学生谈恋爱，过程远比结果重要，没有天长地久，也没有细水长流。

毕业后，A留在了北京，B去了上海。两人开始了异地恋的生活。一个月见一次，两个月见一次，两个人总还保持着向前并行的姿态，默契地从不提及未来。

但对于异地恋来说，没有未来才是最大的敌人。异地恋甚至异国恋修成正果，举目天下有之，但这需要双方有着一个共同的目标：未来，两个人到底在哪？

B和A开玩笑说，异地也挺好，就当旅游。A对B说，请一次病假不易，奖金打折。但说说笑笑晃晃悠悠，吃遍了上海所有的美食，这段感情也就该说再见了。情侣间找个理由分手再简单不过，数年之后，再提及此事，当时所认真纠结之事无非是一种对未来的未知和对自己的保护。没有未来，脆弱的爱情就早已踏上了峭壁，一阵春风都会把它吹进悬崖。

樊凡有首歌《我想大声告诉你》，后来被金志文翻唱再度走红。当时，B曾一边听着"太多的过去难割舍难忘记，太心疼你才选择不放弃也不勉强"，一边在那个小小的出租屋里泪流满面。

爱情，来了去了，工作和日常的繁忙很快就裹挟A和B都进入了新的生活轨迹。A恋爱，B恋爱，A分手，B分手，周而往复，生生不息，就像"∞"一样。

多年后，依然是朋友，只是每次相聚，总有别离，隔着蒸腾的热气，望着彼此，难再相依。

一个人吃火锅

据考证，战国时期即有火锅，时人以陶罐为锅。

到宋代，火锅的吃法在民间已十分常见。

南宋林洪的《山家清供》食谱中，便有同友人吃火锅的介绍。

那天，我和一群朋友吃饭，看到隔壁桌有一位食客独自点了一个火锅，旁边荤素一盘盘，牛肉卷、虾滑、土豆片、海带芽一个都不少，大快朵颐之时颇有旁若无人的气势。

一个人吃火锅，既要考虑到不能点得太多，又要迎着不少好奇的眼神，就算不是如坐针毡，也必定要早早散场为上。倘若一个人可以把火锅吃得热火朝天，酣畅淋漓，那我只能鞠上一躬，讨教一番这闹市修行的门道。

日本有一种拉面馆，面积往往不大，一个个餐位全部用木板隔开，眼前挂着一张布帘，食客用铅笔在菜单上勾画后递给布帘后面的厨师，不一会儿，一碗碗热腾腾的拉面就端了出来。虽然大概十平方米的地方要挤下十几位食客，但因为左右都是木板，你反而会觉得独享了一方小天地，会珍惜这左右无人的片刻宁静。

隔板之内，失恋者可默默流泪食难下咽，恋爱者会喜上眉梢把面吃个底朝天，落寞者配一杯清酒一人饮至酒醉。总之，方寸之间，全然不用顾忌他人眼光，情绪得到了一种缓解和释放。

村上春树有一本书叫《当我谈跑步时，我谈些什么》，我也想出一本书，书名就叫《当我一个人吃火锅，我在想什么》。如果换作我一个人吃火锅，首先要无所顾忌地点上自己爱吃的各种食材，然后叫上一扎冒着泡的冰啤酒，甩开腮帮子无所顾忌地口水横飞。如果还顾及吃相，恐这锅底钱都吃不回来。

如果一边吃，还要一边想事情，那绝对会错过毛肚的"七上八下"，更不知吃了哪七荤哪八素。如果想吃到美味，一定要认真专注，否则也是浪费了这美好的食材。这一点，潮汕火锅做得好，每样菜品都在盘子上明确注明了下锅几秒后捞出。是的，请给火锅应有的尊严。

吃火锅讲究的是一个热闹，一个人吃不太适合。但相比之下，拉面、旋转寿司之类的，好像一个人吃也未尝不可。

法国大餐呢？没有烛光，没有小提琴伴奏就不像那么回事，最好还有佳人在侧。

汉堡呢？作为快餐食品，其实几个人吃真的不重要，但一个人开车回家，绕汽车餐厅一圈，拿个汉堡一边啃一边甩着方向盘，孤独寂寞至少也得四颗星。

中餐呢？点上几个菜，一个人吃，也是孤单，除非你就一个菜一碗饭，俗称"盖浇饭"。

愿我们都不会一个人去吃火锅，就算吃了，也不要说是吃的火锅，就说自己吃的冒菜。

要记得：火锅是一群人的冒菜，冒菜是一个人的火锅。

再做一次小哥哥

千言万语一句话：年轻真好。

年轻就代表了可能。

昨天去成都体育学院做交流，一个女生管我叫"田川小哥哥"。史无前例而且估计再无来者。毕竟三十有余，虽不像碳酸钠一样慢慢潮解，但等待风化已属必然。风化不代表不好，腊肉的味道才更加丰富不是。永葆青春而且敢于挑战时间之不可逆性的除了刘晓庆就只剩下"西门大妈"了，我可万万不敢比肩。

今天朋友发来很多有关儿时的图片，大大卷、跳跳糖、四驱车、干脆面等。有那么一瞬间感叹时光这匹黑马跑得真快，但转念一想，其实也不用感伤。这些承载了童年回忆的食品也好，玩具也罢，得益于怀旧人群的广泛性，大多都可以在网上购买到复刻的新品。

那天看朋友圈，有朋友在网上淘了一个小霸王游戏机，就是一开机就会响起"小霸王全无敌"广告语的童年美好神器。《魂斗罗》和《坦克炸弹》，《马戏团》和《赤色要塞》，引领放学后的我们进入了另外一个世界。可能很多家里的爸妈都是这样吧，下了班先摸摸电视机，后面的情节你懂的。

小的时候，可以和邻居的孩子们在楼下疯玩几个小时直到天黑，到底玩了什么呢？我来说说我印象比较深的，抓蚱蜢烤着吃、捉迷藏、玩片技（读音：piaji，一种小孩玩的圆形卡片）、讲鬼故事、喷水枪、自制遥控小船在河沟里比赛、四驱车，现在想想还是很丰富的。

说到四驱车，我当时第一辆四驱车叫"旋转眼镜蛇"，红色的车身，酷炫的贴纸，配上两节奥迪双钻电池，一骑绝尘，那叫一个"漂亮"。坦白说，当时拥有一辆四驱车的快感丝毫不亚于十几年后我买第一辆车。

上课的时候，巴巴地看着那发亮的车身，一下课，赶紧拿出来把玩一会儿，用手绢擦擦这里擦擦那里。放学后，更是和同学们来一场比拼。什么大炮特使，舞蹈天使，燃烧太阳，等等，模仿着动画片的内容，以为真的可以人车合一，和这小车一同征服整个世界，不，是全宇宙。

后面又接二连三地买了一些四驱车，还做了一些改装，但风潮已过，车也无处寻觅，如果什么时候回到老宅，在那床下哪怕翻腾出部分零件，不泪流也唏嘘。

《张震讲鬼故事》是我童年的一段噩梦。我是胆子很小的人，当时很流行听《张震讲鬼故事》，坊间又有各种传言，什么张震一边讲故事一边都被自己吓到医院去了，等等，恐怖至极。

孩子们，好奇心总是很重，那盘在班里被传递了很久的磁带在某个周末落在了我的手上。正赶上要随爸妈去二姨家串门，大人们在厨房忙着做饭，我一个人躲在小哥的房间听这盘磁带，什么叫引人入胜，什么叫自己找虐，什么叫好奇害死猫，我算是明白了。

记得那时讲的是一个关于"饺子"的故事，低沉的男声配合着总是突如其来故弄玄虚的音效，当时让我对自己所处的世界都充满了怀疑。晚上回家，想到里面的诸多细节，浑身冒汗，但还是紧紧地用被子把自己包裹起来，眼睛一闭，有种"任你宰割"的大无畏。你看，我胆子就是这么小。以至于后来大学室友们集体看恐怖片，我一个人在床上，双手堵住耳朵长达两小时。那都是后话了。

如果说回忆是一条河，那童年的记忆便是那源头的活水，纯粹而本真，以至于成年后，回想那些点点滴滴都可以笑出声来，哪怕远处的山里没有住着神仙。

四驱车还可以买到，《张震讲鬼故事》都出了大电影，大富翁游戏也从纸牌升级为iPad网络版，它们还在，我们也还在。

六一节，让我再做一个有关童年的梦，再做一次小哥哥。

我们不会永远年轻，
但我们可以永远有年轻的心。

又入灵隐寺

白猿时见攀高树，长啸一声何处去。

——［宋］潘阆

　　算下来，去杭州的灵隐寺应该有那么三四次了，陪父母，陪师长，陪朋友。同行之人不同，感受也不尽相同。陪父母，父母讲究的是许个全家皆好的心愿；陪老师，老师更多关注的是佛教文化的起源和变迁；陪朋友，朋友在意的是拍摄一张岁月静好的照片打个卡发个"圈"。

　　在寺庙中，常见善男信女。佛家往往是讲究奉献的，而在佛像前许愿可不可以理解为世人的自我救赎呢？找到一个情感的出口和支撑，往往完成的是自我的内在修复。

　　都说灵隐寺贵在灵验，我也每每许愿。从小到大，我已数不清

132

自己去过了多少寺庙。那个时候还奇怪为什么每个寺庙都有大雄宝殿，每个寺庙都有一尊弥勒佛和佛陀。这些基本常识，踏破铁鞋的游客也好，心怀虔诚的信徒也罢，是否真的可以说清一二呢？

所以说我们在拜佛的时候更多的还是关注了结果，关注了佛家的功用性，却忽视了佛学本身就是一门学问。

在寺庙，大家经常会看到四处散落的硬币，有的时候是在精美的石壁上，有的时候是在清澈的池底，或者屋檐瓦后。为什么人总是乐衷于此呢？这里面有没有我们对佛家回应的一种世俗期待呢？

查看历史，我们不难得知，自汉代开始，钱币在民间被认为是一种广泛使用的"厌胜物"。简单来说，就是用吉利品、避邪物来压服、胜出某些人事物，这种文化基因延续至今。

有过拜佛经验的人都知道，你虔诚地三叩九拜之后，心里非常想有点来自佛的回应。我认识的一位朋友曾经不信佛，就是因为有一次在寺庙大殿前看到了佛光，从此虔诚礼佛。

人对佛的回应是有期待的。但是并不是每个人都可以看到佛光看到祥云，所以人会把这种期待更加具体化，比如许愿之后，如果能把硬币投到某处石壁的某个位置就代表愿望极有可能实现，没投中可能还要怪自己心不够诚。

又入灵隐也不觉厌烦，说不定哪天在庙里碰到济公和尚，讨一只炸鸡下酒也说不定呢！

早场和午夜场

从去年开始，慢慢养成了留存电影票根的习惯，
因为有些美好总是需要回忆来证明它的珍贵。

昨晚和朋友一起看了午夜场电影，《神奇动物在哪里》的首
映，《哈利·波特》的衍生故事。看完两点多，回家，查了些电影
的背景资料和影评，洗澡睡觉。

看完电影，查一查相关的影评和资料好像成为我的一种习惯，
我不执着于演员的演技表现，而更喜欢研究电影所建构的世界观和
前后的关联。之前，我曾花了很多时间研究一部影片——《异形》
的前传《普罗米修斯》，其中不少细小的铺垫和呼应让我着迷。更
可贵的是，它建构了一个新的世界。诸如《西游记》《封神榜》
《指环王》，大凡优秀的作品都是为我们造了一个梦。

看电影，我最喜欢的就是早场。

　　记得以前主持早新闻，每当下了班，都喜欢一个人逆着人流，穿过上班拥挤的人群，到影院看一场电影，左右空空荡荡，偶尔有三三两两人散坐四角，全然就是包场。在那一刻，你全然投身于剧情当中，惊恐，狂笑，赞叹，无奈，最后场灯一亮，回归现实，仿佛完成了一次精神的洗礼。

　　电影、音乐、舞蹈、绘画，艺术的种种存在形式不就是为了调动我们的情绪，让我们的生命尽可能地丰富吗？在电影中，我们可以拯救人类，我们可以穿越时空，我们可以和自己最爱的人长相厮守，我们可以为爱而生为爱而死。毕竟，现实的生活大多是循规蹈矩和索然无味的。

　　所以，面对一些人看似超常的情感表达，我们会说：你电影看多了吧？但事实上，电影无外乎是高于生活的一种表达，而生活却有种暗地里更加凶猛的对抗。这一年，娱乐圈的风云诡谲估计让编剧们都会叹为观止，高呼一声：艺术还是来源于生活。

　　读书的时候，我从不喜欢按部就班地完成老师布置的作业，而总是做自己买的一些习题集，总感觉做些别人没做的才有快感。后来我才知道这叫作"私密幸福感"。很好理解，如果你喜欢的小众乐队忽然有一天成为大众歌手，你会不会稍有沮丧？如果有一天你一直钟情的服装品牌变成了街服，你会不会另谋他款？别人没有的，而你有，这往往是这个世界上很多幸福感的来源。

我喜欢早场电影就是这个道理，别人在紧张地上班，而你已经完成了工作，走出影院，阳光正好，还有大把的时光可以挥霍，难道你不会从心中涌起一股畅快和欣喜吗？

至于午夜场，昨晚第一次体验。倘若有下一次，看一场谢幕天明的电影，走出大门，东方既白，喝一口豆浆，咬上一口油条，然后忽然发现今天是周六，那就快哉快哉了。

只因太匆匆

怀念有时候是一种浪费，因为逝去的就是失去的。
但回顾过去，总有一些人、事、景让我们泪流满面。

某日开车回家，看到窗外的风景快速闪过，感叹小马奔腾般穿过时光的缝隙，疾风拂面，蹄声已远。

2011年大学毕业之后，换了两个东家，走过两个城市。在脑海中，把每一个时间节点用记忆轻轻抚摸，我们可以打破距离，但总是拿时光束手无措，只因太匆匆。

春天，游走在西湖边，密密的雨敲打着近处的荷叶，远处的芭蕉。小草清香混合着泥土芬芳，萦萦绕绕，我这才明白什么是江南。

夏天，坐在朝天门燥热的火锅店里，汗水越流越多，衣服越脱越少，升腾的热气迷糊了双眼，嘴巴一抹，再来一份宽粉都显得有了英雄气概。

秋天，杭州街边的梧桐叶黄，闲暇的午后，带着相机一个人闲庭信步，岁月静好也无非如此。

冬天，冒着小雪，叫了船夫，摇曳于西湖之上，风夹带着雪吹得睁不开眼，但却感受到了西湖十景的断桥残雪。

在武夷山，求仙问道，得一"好运将至"的妙签，夹于钱包，后置车内，保我出入平安。

在武汉，和当地的朋友们绕行到一人声鼎沸之地，撸串喝酒吃肉，从此爱上这街头巷尾的市井气。

在怒江大峡谷，和当地的傈僳族姑娘载歌载舞，青春浪漫之无忌，只可惜也如这滔滔江水一去不返。

在喀纳斯，把酒言欢，酒醉夜归，在深雪里漫游，让我在无数的冬夜怀念起那晚的肆无忌惮。

在北京，久别重逢，我们在故宫的西华门外吃了一顿北京烤鸭，分手后的故事远比在一起更加精彩。

在台北，吃完卤肉饭，捧着盐酥鸡，感觉整条忠孝东路都是青春记忆。

在夏威夷，和高中好友在火山口大步狂奔，原来我们可以如此不寂寞。

在纽约，当我登上期待已久的帝国大厦，满眼灯火璀璨，环视四周，也试图像汉克斯一样在转角遇到挚爱。

在日本，我们从京都到北海道，喂了小鹿，泡了温泉，分手后的路远比在一起可以走得更远。

在泸州，放学回家，赶完作业，对未来的恐惧和未知远比外面漆黑的夜色更加可怕。

在阜新，每个赶功课备考的晚上，妈妈都端上来一碗热腾腾的肉丝面。

在成都，家门口的快速路，多少次奔驰而过，副驾驶坐的却不是一个姑娘。

在西安，做海选节目，来了一个自称从唐朝穿越而来的选秀者，把破锅烂铁当成稀世珍宝，其背后也许还有故事。

失恋后来到峨眉山下修禅顿悟，热恋中去碧海蓝天的巴厘岛踏浪起舞。

把这些零零散散的记忆泼墨纸上，不管是林花谢了春红，还是不悔梦归处，只因太匆匆。

摄影 鲍佳

最忆是杭州

上有天堂，下有苏杭，以至于离开杭州这么多年，
总舍不得卖掉杭州的小公寓，唯恐断了和它的联系。

凌晨2点30分，落地杭州。

城市于一个人的意义到底是什么？

是家人？是朋友？是事业？还是一种味道或者是习惯？北京四年，杭州四年。八年的青春年华献给了京杭大运河的两端。

走在不同的城市，不同的街道，牵着不同人的手，黄粱一梦二十年，不懂爱也不懂情。

刚到杭州，在莫干山路租了一间公寓，二十个平方，进门就是床，两面环窗，早上的阳光总是肆无忌惮地透过宽大的玻璃窗倾泻而下。

第一份工作是在浙江卫视做主持人，半年的记者历练，在2013年的1月1号开始主持一档全新改版的早间节目《新闻直通车》。开始的时候负责其中一个生活版块，从如何区分真假干洗，养生保健操到入秋养生小秘诀，等等。虽然可能每天上镜的时间不过几分钟，但那种幸福和兴奋是不言而喻的。早上6点到岗，7点直播，7点30分节目结束，8点下班，当别人还在上班路上，我已完成工作迎来完全属于自己的一天，那真是一段无忧无虑的美好时光。

当时正经历一段异地恋，往返于北京和杭州，虽然辛苦倒也颇有期盼，后来因为两人皆觉没有未来而分道扬镳。

日子波澜不惊，工作时有惊喜，但却忽略了不少身边美好，难以往复。

比如，我还没有去过龙井村喝过龙井茶。比如，江南的密雨之下，举着芭蕉叶啪嗒啪嗒，这是在中学时代就多次想象和写下的场景，但真到了杭州，每当下雨，赶紧躲进房间，从没有享受过那份闲适。

还比如，在杭州房价尚且低迷时，没有先行购买一套住宅，不说错失那房价与身价比翼齐飞的机会，没有扎根温柔乡也多少有些遗憾。至于后来在杭州买入一套公寓纯做投资，可能也有想在这片柔软的土地上留点什么的情怀使然。

在杭州，有很多美好的回忆让人惊喜。

下雪天，带着家人泛舟西湖上，"断桥不断"绝非传说。酒醉夜归，行色匆匆马蹄轻疾。周末野餐会，和三五好友虚度光阴。

最忆是杭州，既然来过，就没有遗憾，只有怀念。

醉游夜雪

且将新火试新茶，诗酒趁年华。

——苏轼

在美丽的喀纳斯禾木，我喝醉了。

听朋友们说，我一路是"游雪"进的房间。说得浪漫点，这叫"醉游夜雪"，说得直白点，这简直就是酒鬼作妖了。大家都怕我被冻坏，感谢"加拿大鹅"的包裹，第二天除了手表进水停摆，其他依旧，甚至内衣都没有湿上半点，可见普京最爱这个羽绒服品牌还是有道理的。

第二天，早饭时段，唯恐高声言语被旁人认出我就是昨晚那个畅游雪海的"野人"，低头只顾喝粥，偶尔迎面看到对方眯眯笑，赶忙自称昨晚喝多了喝多了，然后找个理由逃之夭夭。

摄影　李学亮

忽然，在对面看到一位昨晚相聊甚欢的知己，可此刻却怎么也想不起所有细节，甚至对方的名字也在九霄云外，所以只好赶忙绕道躲闪。断片再拼接，这样的事有趣但我可不干。

有的人喝多了睡，有的人喝多了痴，有的人喝多了狂，有的人喝多了万念俱灰。所有的语言，所有的感情，所有的想象估计都伴着昨夜的星辰再不会出现了。所以，酒也许就是一个工具，它让我们更好地和别人沟通，但归根结底是让我们合理的自言自语。想到这儿，忽然觉得酒莫名有了一种"神性"，李白不也曾"举杯邀明月"吗？

于我，大凡喝多的经历都是在酒吧，亢奋的音乐让你放不下酒杯，觥筹交错，囫囵喝下很多混酒，再吸入一些二手三手烟，不醉才怪。嬉笑怒骂，指点天下，人生得意须尽欢之天涯共此时，我寄愁心与明月之众人皆醉我独醒，某一刻某一时，你轻飘飘羽化成仙，如入灵虚幻境，只可惜没有姐姐没有妹妹，只有斗大的烟圈和划拳喝酒的沸沸扬扬。

一觉醒来，阳光正好，身边若还有一个姑娘，你是惊喜还是慌张？

03

工作那些事

找一份喜欢的工作
坚持而热爱
因为热爱
所以坚持

和早间主播说再见

浙江卫视早间新闻《新闻直通车》是我大学毕业后主持的第一个节目，我很珍惜。
而那几年晨起时光，也是我最美好的回忆。

好久没有享受如此安静的午后，蓝蓝的天，懒懒的云，有一份从未有过的轻松和惬意，说不清道不明，是一种很神奇的感受，你会感觉时间是有声音的，而生命就在这神奇的韵律中成长，哪怕你浑然不知。

周一，我正式从制片人金哥哥那里接到了浙江卫视早间新闻《新闻直通车》停播的消息，其实之前各种风声已经不绝于耳。

南方的冬日是难熬的，无数个早上，外面还一片漆黑，我便打开床头昏黄的小灯，开始洗漱穿衣。每次上班都会经过楼下的保安岗，夏季天亮得早，那位年过五十的保安大叔一般会哼着小曲看着柜子上的小电视，而冬天他大多时候会缩在大衣里打盹，每当这个时候我就特别羡慕他。

　　骑车出门，街道一旁风雨无阻的环卫大姐们，仿佛还和我进行着谁起得更早的无声竞赛。

　　进电视台大门，打卡，上楼，开机，找选题，写稿，化妆，换衣服，上直播，如此连贯的动作我已坚持了两年。偶尔大雨滂沱，偶尔小雪飘飞，风雨无阻一路狂奔，相信每位在7点准时收看我们节目直播的观众都想象不到，西服笔挺的我在两个小时前是多么匆忙和狼狈。

　　《新闻直通车》开播于2012年1月1日，那一天对我来说是紧张的一天，也是兴奋的一天。第一期节目讲的是腊八的习俗。前一天夜里，我在家里的镜子前摆弄着菜市场买来的腊八蒜和瓶瓶罐罐，想象着主持的时候自己的表情，美滋滋的。

　　你能想象，在那个深夜，在万家灯火的杭州，有一个窗口的灯亮到了深夜，一个青涩的，一个准备第一次亮相的，一个正开启自己职业生涯的主持人在镜子前诚惶诚恐又万分期待的画面。

　　第二天，节目直播结束，我早已汗流浃背。

在这个节目当中，我负责《生活情报站》这个版块的内容，比如怎么洗筷子最干净，怎么选巧克力，什么样的婴儿车不安全，市面上的西瓜到底有没有注射色素，甚至科学地打扫房间应该是什么顺序，等等。我也慢慢向经济适用爱科学爱生活的家居男靠拢。其中有一期节目是做真假干洗，为了获得四氯乙烯和石油不同的干洗试剂，我顶着近40℃的高温走了20多家干洗店。所以说什么是激情，照亮别人首先要燃烧自己。

开播之初我们主持人是"小虎队"组合，王帅、宪一和我。有时候我的耍坏真的让这两位格外紧张。在节目的开始，往往是我们的自我介绍，有一次我故意介绍成"我叫宪一"，可想而知当时旁边宪一的囧态和对我无言以对的"恨"，还好最后王帅的巧妙化解，才没有把玩笑弄成尴尬，造成"播出事故"。

7点？！

每当我和别人说出我们节目的播出时间，大家的第一反应都是太早了。的确，正因为早，两年来，我们节目的观众主要是早起的出租车司机、楼下保安和家庭主妇。当然，有一天我还是惊喜万分地收到了一封挂号信，得意自己终于也有了粉丝，不承想打开一看，信的内容是借我之手表达对当时炙手可热周某某的敬仰。

随着时间的推移，很多栏目组的同事都被调离岗位。每天精心打扮，创造过无数个收视高点的气象小姐婷如今已是《浙江新闻联播》的一员大将；琼姐姐怀孕生孩子去了；炯哥哥换了个香港潮流发型去《新闻深一度》继续干着拉低平均颜值的事；巨帅哥开着二手豪车离开了，但见到我依然色眯眯地问我和妹子约会的事；以前的主编"主厨东"也许久不见，不知原材料变了，这菜做得是否犹胜当年；"吕腰疼"算我的"老相好"，大三一起实习，手拉手逛过西湖，去新疆走了一圈现在回来了，空了我旁边的位子，只是他那日夜不离的硬板凳还在，也不知他那腰疼的毛病好了没有，夜里不要太辛苦；另一对好基友组合吴楠和肖大侠依然在《新闻深一度》演绎传说，只是一个已经当爸，脱离了我们单身群众；爽姐姐最近也有喜了，所以各位单身或者还苦于没宝宝的各位赶紧来我们栏目组，比拜送子观音灵验多了。

2012年末，人称"小周迅"的新晋女主持千惠加入了我们团队，终于给团队带来了一抹亮色，也给栏目组增添了新的活力。但日益紧张的人手却让大家一刻都不敢怠慢。

三楼机房的张伟、何燕婷、陈擎始终进行着"剪刀手"的比拼，没有最快，只有更快。每天一早就开始时事碰撞的马老师又在熬制着自己犀利有深度的点评。新任主编张宏老师从"七姐妹"（全国三八红旗集体：浙江卫视"抗台七姐妹"）转身而来，证明着新闻媒体人的多面和无限可能。单身孤苦的金哥哥到岗后第一个固定事项就是泡一杯养生茶。虽然他身居"高位"，贵为制片人，却陪伴了我们无数个早起时光。只不过对于一个年过30的单身人士，我真希望有一天他突然说"没起来"，那真的就好事将近了。

节目即将在2月开始停播，之所以要现在写下这些，是因为我想把回忆留在结束之前。感谢那些曾经"痛苦"却珍藏于心的早上，感谢无数次欢乐的聚餐，感谢所有的争吵、不解和辩论，感谢所有一路相伴的同事们。

有你们，真好。祝福大家。

补记：

整理这篇文章的时候，距离2012年节目开播已经过去了7年，7年说长不长，说短不短，如今在微信里和文中提到的各位同事依然保持着联系，也不觉生疏。

那时，我们经常下了班，集体去看上午场的电影；那时，我们经常一起到湖墅南路的必胜客欢乐聚餐；那时，我们经常一起坐下来讨论收视率，把其他频道的早间节目批评得一无是处，然后沾沾自喜。

最近，正在热映一部校园青春题材的电影，叫《最好的我们》。是啊，我们总念着过去，想着未来，却忘了其实最好的就是现在。

珍惜，保重。

记者手记：报道MH370的26天

MH370的失联成了目前世界航空史上的未解之谜，
但未解的却远远不只是飞机的下落。

此时，已经完成了马航MH370的报道任务，从北京回到杭州。

26天丽都饭店的工作和生活（北京丽都饭店是当时马航MH370失联乘客家属的暂时安置地）如同MH370的失联过程一样跌宕起伏，拿家属们的话说就是每天都在坐"过山车"。

我和同事吴楠是3月10号下午抵达的北京，下了飞机直奔丽都饭店二楼，那也是接下来二十几天我们最主要的采访地。

在当时，关于是否应该采访还在悲痛中的家属在网络上已经有了各种争议，现实情况是如果有一位家属正好在接受采访，那不出两秒各路记者必定一拥而上，单采变群访。

起初我们也闹过笑话，看有人接受采访，也不管被采访者是谁，一大群记者围上去就开始录音录像，采完还觉得同期说得不错，最后一问原来是媒体同行，伴随着一阵嘘声大家也就一哄而散了。

但这种采访也不是全无意义，至少可以从中获得更多线索和信息。实际上在多数时候，哪位家属会接受采访，需要记者一种细微的观察和一点运气。

离开丽都饭店返程那天，在门口碰到了文大哥，他主动开口对我说：别担心，我还好。

那就先来说说文大哥吧。

（一）

文大哥，山东人，济南口音，热心肠，在马航的沟通会上由于提出的问题并不能代表大多数家属们的诉求而引起现场家属的不满，但他仍坚持提问，表达质疑。在我走之前的几次沟通会上，他的提问已经可以得到家属们的掌声回应，可见其执着总是有了结果。

这种执着也许不仅出于对家人失联的一种本能反应，可能也是性格使然。

　　起初"文大哥"这个称呼是我随口叫出来的，他的年龄其实叫"文大爷"更为合适。文大哥很乐于和媒体打交道，基本所有在场的媒体都能叫出他的名字。

　　"今天还采访文大哥？"

　　"是啊，其他人也不怎么说。"

　　"等一会儿，里面马航沟通会结束，我们还是先采访下文大哥吧。"

　　文大哥在相当长一段时间里成为各大媒体同期声的主要来源。我们通过文大哥了解家属们心态的变化、诉求和不满。由于和文大哥交好，我们吵嚷着让文大哥带我们进入家属休息区（最初，媒体不被允许进入家属休息区采访，为了达到获取信息的目的，本人还曾伪装成保险员和志愿者），没想到经过文大哥的协调，我们后来真的第一次名正言顺地走了进去。

　　在私下，文大哥会热情地向我介绍和他同行来北京的亲弟弟，会开玩笑说要给他充话费他才愿意接我的电话。和很多家属的情绪不同，他总是坚持着自己的乐观，坚信着自己的儿子一定还活着。很难想象24号晚上（当晚，马方宣布飞机终结于南印度洋），文大哥是怎么挨过的。

在马方宣布MH370终结于南印度洋的第二天，也就是25号的早上，家属们排着队举着牌子聚集在了丽都广场。

牌子上的标语令人动容："妈妈，你做的饭最香""儿子，爸爸妈妈的心都碎了，快回来吧""亲爱的，戒指买好了，等你回来戴上"。亲情，爱情，有多少个家庭因此失去了妈妈、儿子、爱人，失去了一生最重要的牵挂。

从24号晚上开始，历来活跃的文大哥一直没有出现。在那个早上，在人群的角落，我看到了默默流泪的他。和家属们在一起14天了，我在情感上已经把自己当成了他们的一分子。心疼，痛苦，难过，无可奈何，我的这些情绪在那一刻彻底释放了。

后来一直担心文大哥经此会一蹶不振，幸好离开丽都时的再次相逢，让我放下心来。

（二）

关于她：我叫不出她的名字。

在每天例行的家属沟通会上，马方都会首先介绍目前最新的搜救情况，接下来是飞机相关知识普及，最后是家属的提问环节。

在提问时，很多家属往往比较情绪化，不断表达自己的不满和愤怒，有效信息和沟通极少。让人意外的是在某一次沟通会上，有一位看起来很柔弱的女家属站起来说了这样一段话："我现在站在这里不是为了刁难你们（马方），我也知道你们解释不清楚很多技术细节问题，因为你们也只是采用了AAIB（英国航空事故调查局）的报告，但我想表达的意思是：不懂我们可以一起学，万一AAIB的计算出现问题了呢？"

这位女家属的话平实却触动人心。你能想象吗？她竟然弄懂了所有公开的图表和相关概念，包括最后终结于南印度洋的分析报告，甚至还当场和大家解释起了多普勒效应。

我不知道她的谁在飞机上，但我知道她一定很爱他。

（三）

关于采访，这次国内媒体广受诟病，主要是因为没有获得更多的信源。正如网上段子说的：当外媒在忙着联系波音时，国内的媒体都在点蜡烛。

在丽都很难获得第一手资料，当时的第一现场是吉隆坡和后来的珀斯，而在这里，除了了解家属的第一动态好像也没有其他更有价值的内容。所有媒体都像打卡一样一早聚集在二楼家属区的门口，一直守到夜里家属散去。

在这次MH370报道中，由于外媒线索性的突破得到了家属们的认可，因此在前期被家属允许进去拍摄的媒体除央视外主要是几家大的外媒CNN、BBC、NBC。这让守在门外的其他媒体非常不服气。

有时候，机会要靠自己争取，比如正好有家属委员会成员出来搜集记者名片，你一定要肯定地坚定地杀出重围把名片递过去。我在名片上还写了一排小字：我们一直关注MH370乘客家属的所有情况。也不知道能不能"精诚所至"，也许今天不行，这次不行，但保不准哪天就"金石为开"了。

同时，在这种没有独家可言的情况下，一定要和媒体朋友们搞好关系，信息共享非常重要。

最后和大家说点周边情况吧。

有个中年男子自称大师，混进家属区，趁台上正在开沟通会，一个箭步踏上台，把话筒夺过来就开始讲道中有万物，万物皆有道，故弄玄虚，15秒后就被赶下来拉出门外。

还有位花白胡子的老人自诩高人，在会议室门口焦急地走来走去。过去一问，他说自己通过易经八卦已经算出了飞机的下落，可以精确到具体的经度纬度，一定要进去告知家属。后来，他顺利地进去了，遗憾的是没有下文。

补记：

今早，整理这段文字的时候看到MH370媒体微信群里依然热闹。昨晚在北京的家属组织了一场特殊的祈福，他们在蜡烛旁从12点41分一直守到了今早8点11分，这也是MH370最后一次完整"握手"（"握手"信息是指卫星向飞机发射一个信号，尝试收到关于引擎的健康信息）的时间。也许，MH370就是所有家属心中夜空中的最亮的星，永恒的存在。

愿奇迹出现。

扫码看田川的马航MH370连线报道（视频）

抗震日记：我借卫星奔芦山

这段经历虽然已经过去了六年，
但至今我仍很感谢自己的努力和坚持。

扫码看田川的芦
山地震连线报道
（视频）

在当下，大家很少提"借"，说得更多的是共享，共享汽车、共享自行车、共享充电宝等。但是在5年前，也就是2013年的4月20号，是"借"让我完成了报道任务，也让我深刻理解了新闻工作者的责任、担当和意义。

2013年，当时的我还是一名年轻的浙江卫视新闻主播，被派往成都主持一个颁奖典礼。

4月20号早上8点左右，我在酒店被地震摇醒。随即，芦山发生7.0级地震的消息不断从手机弹出。

这个时候，可能每一位新闻工作者都会有这样一个信念：我要到现场，我要获得第一手资料，我要发回最新的报道。

8点26分，我被通知颁奖活动取消。10点30分，浙江卫视新闻中心通知我做好奔赴芦山的准备。

但物质的准备要比心理的准备复杂得多。当时颁奖活动主办方之一的成都台告诉我卫星直播车已经开出去了，下一辆是否出发还要待定。我联系的120和119那边也没有了后续消息。

看着手机上不断更新的信息，自己却无法前往，这种无力和无奈，每一位新闻人都能感同身受。没有条件也可以创造条件，当下，我大胆地做出了一个决定：自己去芦山。

首先，我打车到了高速路口。那个时候前往芦山的高速路已实行管制，讲明身份后，在交警的帮助下，我搭上了一辆正好回芦山方向的私家车，后来在岔路口又蹭到了《中国青年报》的采访车。

《中国青年报》的两个记者和我一路通过手机更新着消息，同时全速前进赶往震中。途经荥经县这个地方，透过车窗，我正好看到重庆台正在做卫星直播，巧的是现场报道的记者是我的同门师哥张世轩。

作为师弟，和师哥套套近乎，在大灾大难面前，怎么说也是一条战线上的战友。最后，我竟然借到了重庆台的直播卫星，调整好卫星参数，为浙江卫视发回了第一条直播报道。

后来，我随重庆台的直播车，在21号凌晨3点19分，抵达芦山。

21号白天，我又顺利借到了成都电视台的卫星、四川电视台的卫星，发回了10多条最新的报道。21号晚上，浙江卫视的后援力量终于抵达。

之后在芦山的100个小时，很多事很多人值得和大家分享。损失几千万仍然把自己厂里的空地拿出来供大家使用的商户；为了挖掘一位遇难者遗体，耗尽120个小时，冒着随时可能塌方的危险坚持奋战在山里的84名官兵；拿到救命药的大娘跪谢救援队让人动容的瞬间。

生命的顽强、无私的奉献、真诚的感恩和人们面对天灾的从容与坚韧，都化作一种激励，告诉我：作为记者，永远要奔赴在第一线。

把这100个小时中的前10个小时分享给大家，让我们共勉：作为记者，我们不在现场，就在奔赴现场的路上。

明星发布会的那些事（一）

在《中餐厅》里，张铁林偷偷地出现在店里，

想给大家一个惊喜，还说自己是来旅游的。

在场的王俊凯直言：那你为什么有麦呢？

——综艺节目《中餐厅》花絮

因为工作原因，接触了一些明星，很多细节已然淡忘，今日稍稍记录也不至于遗珠弃璧空留遗憾。

先来说说周立波吧，那个时候他还如日中天，完全没有今日负面消息缠身的窘迫。看到他最近的负面新闻，我真觉得有些滑稽，从吸毒传闻到和神秘男的暧昧关系，现在再怎么折腾都上不了热搜。不过这个时候再下一脚颇有些落井下石之嫌，但我那微不足道的一脚反击却是在2013年。

2013年，浙江卫视《中国梦想秀》的热度堪比现在的《奔跑吧兄弟》，也是浙江卫视继《我爱记歌词》之后再一次崛起的标杆节目。

第二季《中国梦想秀》的开播发布会是由李晗和我一起主持的。发布会进行过程中，台下的现场导演用手势提示我要加快流程进度。可另一头，大家知道，周立波一旦站上舞台那就是一场喋喋不休的独角戏，口若悬河地启动了"涡轮增压"，我只有见缝插针，找机会转入下一环节。

面对台下众多领导和记者，周立波在台上并没有表现出任何不悦。

发布会结束后，周立波的一个助理在后台找到我，说周立波老师问男主持是哪里来的，竟然敢在舞台上打断他的讲话，要是在上海早就发火了。我当时想都没想，有些条件反射般地反击：告诉周立波老师，这是在杭州，不是在上海。

助理悻悻然走了。

现在想来，当时的自己颇有些初生牛犊不怕虎的劲头，其实，何必呢。何况反思自己，现场打断的方式是否恰当和精巧也局限于当时的业务能力。只是面对一个前辈的苛刻和指责，我的反应是正常的却不一定是最正确的。

说点开心的。

2009年，我在北京看了人生当中第一场演唱会，那英的《那20年》。4年后的2013年，我作为《中国好声音》巅峰之夜总决赛的外景主持，主要的任务就是采访学员导师那英。

按照既定流程，嘉宾们化好妆到门口接受直播采访。不过为了直播效果，我和那英经纪人沟通，能不能让那姐一边化妆一边接受采访。想都不用想，经纪人说，那姐没化好妆怎么可以就直播。这边我正在沟通，那姐在一旁插话："来嘛，小伙子，等我画个眉毛嘛。"

当天的直播特别精彩，那姐不仅一边化妆一边接受了采访，还在直播中清唱了几句当晚的决赛曲目，堪称最大剧透。更惊喜的是，她一个招呼，在她身后正在做造型的好姐妹蒋雯丽和梁静也加入了直播采访当中。

直播结束，作为对那姐的支持，我可是冲到了观众席的第一排，为她的学员张碧晨呐喊助威了一晚。对了，那一届好声音的冠军就是张碧晨。

总体而言，我发现我还是挺受姐姐型女明星喜欢的。

某一次，要做宋丹丹新剧《美丽的契约》发布会，上午接到了同事的电话，让我下午主持的时候千万不要用手卡。我问为什么，同事告诉我，在上午的活动中，宋丹丹当场批评了看手卡的女主持，没有真听真看真问真交流。

好吧，这个理由我给满分。

其实主持电视剧或者电影的发布会并不复杂，问导演拍戏的艰辛，问剧组的趣事、难忘的事、好玩的事，问演员对角色的理解、对人物关系的把握，其间再适时地问一点热点八卦给现场的记者写花边，其实也就成了。

下午的主持很顺利，一直站在台下的同事长舒一口气。我刚要转身离开，宋丹丹叫住我：弟弟，下次见了。

所以你看，女明星都不讨厌帅哥，是不是。

扫码看田川现场
直播连线那英
（视频）

明星发布会的那些事（二）

黄晓明参加《康熙来了》录制。他说："曾经有一位导演来选演员，我就捂着脸，我的手就没有放下来过。然后导演说，这个小孩子真是很漂亮，但是太害羞了。"

听到这里，小S直接脱口而出："那他怎么看得到你？"

——综艺节目《康熙来了》花絮

朱丹是我在浙江卫视的同事，只是我前脚刚进，她后脚就走了。

后来我被浙江卫视艺人统筹夏老师邀请去主持一家杭州摄影工作室的开幕，而工作室的老板就是朱丹。

那也是我第一次和她近距离接触，她亲切阳光，哪怕那个时候对她的议论很多，但都无法掩盖她身上的光彩。穿着一件金色连衣裙，明明脸小到巴掌大却笑称自己长胖了。

开幕那天，很多朱丹的圈内好友都前来捧场，曹启泰、李晨、李艾等，可见其人缘极佳。

简短的开幕在喧嚣中结束。正当我准备离开时，朱丹和她助理叫住了我，拿出了一个大红包。因为之前也是抱着举手之劳来学习的想法，作为主持的晚辈，我哪里好意思要。但朱丹一边把红包塞了过来，一边说：拿着，过几天来我的工作室拍套照片，不就等于又还给我了嘛。

你看，让人都没有了拒绝的理由。

没过多久，在北京主持一场电视剧的发布会，遇到了周一围，发布会结束后，他还笑容满满和我聊了一会儿朱丹的近况，哪知后面周一围凭借朱丹老东家火速蹿红。

周迅和朱亚文主演的电视剧《红高粱》的发布会是我在浙江卫视主持的最后一场发布会。如果将中国女演员在我心里排序，周迅必进前三。从《李米的猜想》到《画皮》，从《如果爱》到《风声》，周迅身上总是散发着一种超越常人的灵气。

活动结束，我秒变小粉丝过去凑了张合影。刚拍完，周迅就喊了起来：发之前记得PP啊。要不是声音的辨识度，你真觉得这就是哪位邻家女孩张口就来的口头禅。

光线传媒的方龄是我的"导师"，她让我知道了主持人也可以在舞台上很精彩，不，是更精彩。

在北京，我们主持蒋雯丽和梁静主演的电视剧《女人帮》的发布会。因为是浙江卫视和光线传媒合办的活动，我们台里的老师在我去北京之前给我打气，一定要在气势上压过光线。我还是第一次接到这样的指令，颇有些惴惴不安无所适从。

在发布会开场前，方龄神神秘秘地告诉我，要好好地"利用"她这个女主持。怎么利用？就是多创造她和男主角互动的场面。当时我年纪也小，方小姐没有告诉我这里面的原因，现在想想就是当下流行的"蹭热度"。只是遗憾后来现场最大的热度是"蒋雯丽手拿皮鞭'教训'男主持，显霸气一面"，这都是后话了。

我和中国蓝的故事

如果没有浙江卫视，我不知道今天的我会在哪里。

这一路，你是我最好的伙伴。

今天是浙江卫视中国蓝十周年的日子，钱江两岸，璀璨如昼，星光熠熠闪耀电视荧屏。浙江卫视的艺人统筹夏老师发来微信：田川，快看电视，里面有你。

打开电视，调到浙江卫视，点击回看，在晚会的开篇视频中，找到了非常珍贵的几秒我在做抗击台风报道的镜头。说是珍贵，是因为在这么盛大晚会的宣传片中，用帧来计算每一幅画面也毫不为过。

是的，可见中国蓝没有忘记我。

自从离开浙江卫视，也很少去回忆和梳理那些青涩年华，一是因为自己还远远没到怀旧的时候，二是相差不大的工作环境也让我仿佛从未离开，日复一日，日子过得竟有些顺理成章。

但我对中国蓝是有感情的。

2010年，当时还在中国传媒大学读大三的我，通过选拔成为浙江卫视全国海选出来为数不多的暑期实习生。

在这里，要特别感谢我的两位伯乐：艺人统筹夏老师和人事俞老师。感谢他们在众多大学生里选中了我，更感谢他们在我职业生涯的开始为我注入了能量巨大的勇气和鼓励。

第一天到杭州，机场大巴停靠在了武林门站，下了车走上没几步就到了莫干山路111号浙江广电的所在地。那时内心的声音至今还记得，我对自己说：田川，好机会，要好好把握。

得益于面对机会时自己的坚持和努力，当时在新闻中心，我用了不到一个星期就学会了写稿、剪辑和配音，同时在《浙江新闻联播》中做起了出镜记者，还完成了几次颇得领导赏识的报道。

除了工作，那也是我第一次真切地感受到杭州这座城市的美好。如今，杭州作为互联网经济的代表城市，滨江新城更是高楼林立，颇具和上海浦东争高下的气势。但在2010年左右，杭州还是一座小而美的城市，很悠闲，很自在。西湖边的星巴克，湖墅南路的咖啡馆，龙井山芦苇荡深处的那家绿茶餐厅都是我的心头好，陪我度过了无数个初来乍到略有孤独的周末时光，简单而美好。

记得结束实习离开杭州之前，新闻中心陈巍峰主任和我们实习生们聚餐，席间对我说：小田，我们很看好你，等毕业之后直接来吧。这对于一个大三的学生来说，就是天上掉馅饼的幸运，而且这馅饼还不小。

如今陈主任已是浙江卫视的副总监。后来去杭州参加好友的婚礼，他叫了我一声兄弟，让我还很不适应。九年过去了，其实我一直没有变，还是那个积极阳光的小田。

有了浙江卫视给予我的信心，原本在班上专业能力并不算特别出众的我毕业找工作的过程却出奇地顺利。先后进入了央视四套《远方的家》栏目组和北京卫视新闻中心实习。现在想来，人生成败其实就在那么关键的几个选择和几个人，不是吗？

缘分还是早的好，考虑再三，毕业后，我正式签约浙江卫视。2012年1月1日正式开始主持早间新闻节目《新闻直通车》。

　　除了常规的节目主持，浙江卫视还给了我很多主持明星发布会、电视剧开播会的机会，倒也积累了不少主持经验。更参与了浙江卫视那几年几乎所有的大型直播，从《钱江潮直播》到《直击芦山地震》，从《中国好声音》倒计时特别节目到每年《抗击台风》系列报道。

　　在杭州，搬了两次家，每次搬家不超过一公里，紧紧地围绕在莫干山路111号。

　　2015年，因缘际会，我离开了浙江卫视，多少有些无奈和不舍，但回过头只有"感谢"二字。

　　这就是我和中国蓝的故事。

我在川台的日子

到今天，我在浙江卫视和四川电视台的时间是1：1，
可以预见的未来我还将在川台一直待下去，
因为这里就是我的家。

从2015年10月至今，我在川台已经4年时间。

如果说浙江卫视给了我一个跳板，让我能够蹦得更高，那川台
给予我更多的是成长和光彩。

浙江卫视于我，是恩人，是朋友，但川台更像是我的知己和家人。

和其他行业不同，主持人这个行业仰赖天赋，但更多的是需要
打磨和锻炼。

川台，给予我的就是这样非常可贵的机会。在浙江卫视，我一
个月的节目量是600分钟，这个数字在川台整整翻了一番。

从早新闻《早安四川》到黄金档民生新闻《1800新闻现场》，从《茂县泥石流特别直播》到《大江奔流听涛声》庆祝改革开放40周年特别节目，再到现在，我标志性的一档教育访谈节目《享学》。川台让我不断开拓话语空间，提高了主持技巧，也更加成熟和自信。

很多人问我，放弃那个全国标杆性的平台后悔吗？这个问题很难用一句话来回答，我只能说，在川台这4年，我很知足。

2017年，川台给予了我一个高光时刻：在四川电视节上，作为川台主持人代表为出席活动的首长做讲解工作。

刚接到这个任务时，压力不小。台领导对我的要求是：要有个人特色，体现出川台新一代年轻主持人的朝气和活力。

为此，把讲解稿修改了一版又一版的我依旧觉得不是很满意。一旦"代表"，说不紧张是不可能的，你不是独角戏的演员，而是一场群舞的主演。

最后，我在讲解的尾声设计了一个互动环节：和首长自拍，然后发到川台新开发的APP《四川观察》上。听完我的策划，台领导只说了一句话：一定要得体和适度。

讲解当天，十分顺利。一张首长和川台主持人的合影成为当天最大的亮点，我也跟着做了一回川台"红人"。

高光闪耀，这份川台给予的信任让我感恩和幸福。

04

世界那么大

在生活中
我们都试图做一个神仙
逍遥自在无忧无虑
是的
在旅行中
我们可以

Aloha，夏威夷

很无聊的日子，原来是诗歌。

很平淡的时光，原来是暖阳。

和高中室友俊一拍即合，在春节前两周计划了这次夏威夷之行。

高中时，俊在我们那所县城高中被称为"行走的时尚"，穿着入时，能歌善舞，很有艺术才华，没记错的话还是我们校园歌手大赛的获奖选手。我们俩的床铺挨在一起，我在他那里认识了郭敬明、孙燕姿和五月天。就算这次出行，他也是《歌手》为伴，文艺气息不减当年。

提到夏威夷，你脑海当中会浮现出什么样的画面？阳光沙滩比基尼，河流森林火山口？是啊，它太有名了。历史上孙中山是在夏威夷创办了"兴中会"，夏威夷也作为一个旅游胜地，出现在了我们的英语课本里。所以我们对檀香山自然而然有着一种亲近感。

檀香山实际上是中国人给夏威夷起的名字，听说是因为中国人初到檀香山，发现当地人用名贵的檀香木烧火，感叹竟如此暴珍天物，后来转运国内贩卖，也是生意一桩。有生意可做，就有做大做强者，他叫陈国芳，最后还和夏威夷国王也攀上了亲戚，连当时的清政府都对他频频示好。在陈国芳的感召下，越来越多的中国人到夏威夷做生意，这其中，也包括孙中山的哥哥孙眉。

夏威夷群岛岛屿不少，这次我们选择了瓦胡岛、毛伊岛和夏威夷岛。

美国人生活当中从不缺少幽默，或者说自己找乐子。下了飞机，一个摆渡车的中国人、韩国人和日本人都在司机的带领下学着当地最流行的打招呼方式：Aloha。

来到瓦胡岛，喜欢军事的可以去参观珍珠港，电影迷自然不能错过《侏罗纪公园》等很多电影的取景地古兰尼牧场。

让我之前没想到的是浪漫爱情电影《初恋五十次》也是在古兰尼拍摄的。这是一部老电影，讲述的是一名兽医追求一名患有短期记忆丧失症的中学美术教师的故事。不完美的完美之爱。当我们得知对方有着各种缺点甚至是缺陷，我们首先是顾虑以后的风险和未知，还是牵起对方的手勇敢地走下去呢？

在爱情的世界，我们要为每一个能勇敢说和做的人点赞，而每当我们哀叹自己没有得到真正爱情的同时，更要反思我们付出了什么，我们又是否值得。

前段时间，看了一期重播的《非诚勿扰》，节目中有一位离异的女嘉宾表达了对某位男嘉宾的喜欢和着迷，虽然有满场的鼓励和期待，但遗憾最后她还是以失败告终。就像左宏元一首老歌里唱的：无情的抉择，无情的灼烁，无情的一盆火。但谁又能否认为爱付出也许才是爱情最美的烟火呢。

从某种角度来看，她已经成功了。

从瓦胡岛起飞，40分钟的低空飞行，飞机落在了毛伊岛。选择毛伊岛的主要原因是这个季节刚好是座头鲸的最佳观赏期。观鲸团的门票更是大胆地印上了一排字：看不到鲸鱼，免费再看。

后来发现，在毛伊岛看到鲸鱼就和我们在小区见到金毛一样平常。另外，宣传册上往往印着整条座头鲸腾空而起的照片，事实证明，更多时候，我们站在观鲸船上顶着毒辣且毫无遮挡的紫外线看到的也只是鲸鱼的喷气或者摆尾，但这些足以让船上的我们欢呼尖叫。

在毛伊岛还有一个非常有意思的小插曲。到了预订好的酒店，前台服务人员热情地接待了我们，并建议添60美元换到海景房，无缝对接沙滩，梦游都可以踏浪，还说这平时要加100美元呢，意思是我们捡了大便宜。无意升级房间的我顺口说了句：Yeah, it is really a big chance, but…还没等我说完，她已经笑得上气不接下气，一边笑一边说 big chance big chance，我只能在旁边傻傻地笑。过了好一会儿，她终于回归到职业状态，然后很兴奋地告诉我，我们可以免费得到这个海景房。我只能说，Pardon? Really? Good! 也许是踩中了他们的美式幽默吧。

有一个很经典的美式幽默的例子：

米拉德得意扬扬地跟妻子说他被公司任命为副总。

"那有什么了不起，"妻子说，"现在的副总还不是一毛钱一堆。我常去的那家超市的副总就多得不得了，其中一个专门负责购物袋。"

很受伤的米拉德说："那我倒要你的好看，我现在就给超市打电话。"他拨了号，要求跟专管购物袋的副总讲话。

一个礼貌的声音询问："纸袋还是塑料袋？"

（哈哈哈哈哈哈）

看美国电影，总能踩到大部分的笑点，但是看美剧，经常会一头雾水。所以说，文化是有差异的，幽默也是有鸿沟的。

最后一站夏威夷岛，最有名的就是依然处于活跃期的基拉韦厄火山了。但不凑巧，前几年地质的变化让岩浆已经无处可寻，但满眼苍凉的大地依然会让你觉得生命和死亡竟可以如此共存。岩浆喷发，毁灭了土地上所有的生命，但又孕育了新的疆域。所以，你说红色烈焰到底是代表了死亡还是重生？

在夏威夷不说再见，所以在最后，让我们比个"六"（夏威夷打招呼的方式），大喊一声：Aloha，夏威夷！

鲸鱼、海岸、城市，夏威夷的魅力在于你想要的这里都有。

风花雪月的大理

我是十年前去的大理和写下的这段文字，
不知道今日的大理是否依然风花雪月，一切如初。

去大理，不是冲着五朵金花，不是冲着段誉的名气，而是真的想看看什么叫风花雪月，什么叫浪漫至极。

清晨，大理。

平静如镜的洱海上有一座小岛——小普陀，走完全岛，大概只需要1分钟。但就在这个巴掌大的地方，却还矗立着一间小庙。庙门外聚集了不少商贩，大声叫卖着烤鱼烤虾，让高冷的世外孤岛充满了热气腾腾的烟火气。

离岛的游船汽笛声响，游客们纷纷上船，热闹的小岛又渐渐恢复了宁静，商贩们也乘着各自的船返回寨子，为迎接下一批游客做准备去了。

回头看那座小岛，心中竟然有些莫名的落寞和孤寂：原本繁华，却也终归平淡，匆匆而过，留下的只有"回忆"二字。而当多少年后，当"回忆"也渐渐斑驳，那心中还剩下什么呢？真的如同白族的三道茶一样，最后一道是回味，在回味中冷暖自知，在回味中感受过往。

小普陀不知在此见证了多少故事的开始和结束。忽然想到那英在2009年演唱会上说的一句话：你们现在旁边坐的还是当年的那个人吗？物是人非，这永远是一种无法抗拒的轮回。

你、我、他，谁又能逃离呢？

背后的苍山，近处的洱海，如同一幅画卷在眼前铺开，耳边传来断断续续若有若无的《月光下的凤尾竹》，这就是大理，被岁月浸染的大理。

拾级而上，天色渐暗。夜色中大理较之丽江更加安静。石板路上，不少古城居民拿着刚买的菜优哉游哉地走着，上了年岁的老人在路两旁扇着蒲扇下着象棋。眼前的一切会让你有一种错觉，自己不是闯入这里的客人，而是归乡游子。

　　选了一家颇有格调的青年旅社。在院子里打了一下午的纸牌，就赌晚饭。

　　一觉天明，翻身起来，走进院子，看见远处的苍山雪，四处皆是风景，端起一杯热茶，坐在一个角落，静静地感受着时间的肆意流淌和思绪的纷飞，恍如隔世。

　　苍山月隐浮云绕，洱海风清碧浪涟。踏出南城门，和大理说一声再见，心生美好。

扫码伴读

从西到东的美国行

从美国旅行回来，很多人都会问我美国好吗。
我只能说美国挺好的，但毕竟那不是我们的家。

　　记得去面签美国签证的时候，被问到为什么要去美国旅行，我说了一段现在想来很谄媚的话。我说我开的是美国车，看的是美国电影，我想去真正的美国看一看，作为世界最强大的国家，美国到底是什么样子。

　　事后，和朋友们谈起这段自述，有的说这马屁拍得让人无法拒绝，肯定给签，有的说这是太明显的移民倾向。

　　结果是：秒过。

　　作为80后，我们接受了太多的美国文化。从肯德基到超人，从万宝路到西部牛仔，从AF到奥斯卡，好像美国已经无法从我们生活当中被割舍。同样，后来到美国，发现MADE IN CHINA也是无处不在，灯火通明的唐人街已经成为美国每一座城市的地标和美食天堂。

落地洛杉矶，好像并没有特别激动。环球影城的360度环绕电影换来了我一声尖叫再无其他。在圣莫妮卡海滩，并非有意买了一双袜子，看到袜子的图案才忽然反应过来这片海滩原来是《阿甘正传》中阿甘长跑的终点。

这次美国行，真正的惊艳是从一号公路开始的。

从洛杉矶到旧金山，半边海水半边山，早上浓雾迷茫，战战兢兢，正午阳光肆意泼洒，加州露出本来的模样，夕阳西下，波涛汹涌，潮起潮落绝不拖泥带水。

中途，我们在一号公路一个叫作Ragged Point的地方住了一晚。小木屋被鲜花环绕，木屋的旁边不到100米就是悬崖和太平洋，虽不至于枕着海浪入睡，但华灯夜半，走到悬崖边，听一听波涛拍岸，这份壮阔的闲情让人甚至有些不知所措。

在Big Sur，海獭慵懒可爱，让你童心泛滥，再无豪言抒发之意。

　　一号公路，途经戈壁、沙漠、高山、海洋，时而惊叹，时而放空，让你觉得移步换景，奔驰其间是一种享受也是一种不忍，因为真的太美了。总希望时间可以再慢一点，让所有情感凝聚为一种感动，难以忘怀。

　　旧金山的停车贵，西雅图的整洁美，美国西海岸总让人觉得意犹未尽。

　　如果说一号公路是一场音乐会的开场曲，那接下来的黄石之行就是一首交响乐的华彩乐章。我们抵达黄石公园的西门是在夜里，最后的60公里，只有我们一辆车的车灯在闪耀着黄光，前后笔直一条路，左右森林静悄悄，在车里放上一首*Take Me Home Country Road*，颇有一份苍凉而孤寂的美感。

　　接下来就是黄石之行了。

　　值得一提的是，其间几次遇到了观熊小分队，有年轻人，有中年人，也有满头白发的爷爷奶奶辈的爱好者，在寒风中拿着望远镜仔细地搜寻。我们凑过去，他们一边借用望远镜让我们也可以更近距离的看看，一边在旁边兴致勃勃介绍起熊的种种。你知道吗？我们最近的一次观熊甚至不足100米。

至于黄石公园其他的景色，我大致可以做一个类比，有点像放大版的云南腾冲温泉、新疆喀纳斯和四川阿坝的结合体。

在黄石的最后一天，路的前方有两车相撞的事故，我们后面堵着的车排起了长龙。等得太久，大家也纷纷下车活动活动。这时，一位美国阿姨过来和我们表达歉意，她是觉得我们那么远，难得来一次黄石，竟然遇到了车祸，耽误了行程和时间，她作为美国人觉得很抱歉。你看，美国人其实挺有意思的。我们在旧金山坐机场大巴，大巴司机竟然自己给自己讲笑话然后笑个不停，遇到个聊得来的乘客，可以从宠物一直聊到人家的七姑八姨。

在美国，文化的鄙视链是这样的，纽约觉得整个西海岸都没文化，西海岸的旧金山又觉得洛杉矶没文化，有点像我们以前的上海和东北关于大葱和咖啡之争。

结束黄石之行，我们从西到东，来到了纽约，也是这次美国之行的最后一站。只是由于旅行劳累和红眼航班的缘故，下了飞机坐上纽约的地铁，我竟然差点吐出来。后来和美国的朋友吐槽纽约地铁的脏乱差以及臭，朋友表示赞同，然后说，你想这纽约的地铁都多少年了，你现在看到的美国，在100年前就差不多这个样子了。也许这就是帝国吧。

有这样一种说法，全世界大概有两个地方是所有人向往的故乡——纽约和巴黎。纽约负责上半场，你有多少野心狂想，尽管放马过来，纽约都能包容吞吐。正如一千个人眼中有一千个哈姆雷特，一千个人眼中也有一千个纽约。

毋庸置疑，纽约是有魅力的。

在纽约，你可以看到精彩的街头表演，举牌呐喊的示威者，精神错乱的流浪汉，奇装异服的派对动物。总之，你会觉得，无论你来自哪里，有什么样的选择，在这里，都可以被接受，被包容，被理解，被认可。所以，你看凤姐来美国哪也没去，一头扎进了纽约的美甲店，做着自己的美国梦。

站上帝国大厦，回想那一个个经典的电影片段，瞭望远处的自由女神和新世贸大厦，忽然想到了刘瑜的一段话："纽约不是一个地点，而是一场永恒的狂欢节。"

是的，你我都会成为那个给纽约写了一辈子情书的陌生人。从东方到西方，从西海岸到东海岸，但你若问我愿意不愿意留在美国，我必须要告诉你：美国纵有千般好，不如我的祖国好。

黄石公园是世界上第一个国家公园，
被称为"地球上最独一无二的神奇乐园"，
这里不仅有峡谷、瀑布、湖泊、森林、草原，还有神奇的彩池和间歇喷泉。

一"夜"台北

而现在，乡愁是一湾浅浅的海峡，
我在这头，大陆在那头。

——余光中

哪怕你没有读过《巨流河》，你也肯定听过周杰伦、五月天，或者就着《康熙来了》下过饭。台北的一切，没有惊喜，亦没有失望，和期待中一模一样。

基本没追过台湾的偶像剧，包括当年风靡的《流星花园》。上一部略有印象的还是彭于晏主演的《爱情白皮书》，那个时候他的江湖地位还没有现在的如日中天。

其他对台湾的印象就是一些支离破碎的片段。有各种艺人的坊间八卦，还有各种台湾小吃名满天下。

上周看了那部颇具台湾小清新风格的《比悲伤更悲伤的故

事》，又正值四天假期，台北成了不二之选。

和到其他地方旅行不同，下了飞机，你会非常有安全感，因为台北的一切竟是如此的熟悉，仿佛你曾经来过这里。

落地后天色已晚，去酒店旁边的西门町转了转。其实每个城市都会有这样一个地方，比如，首尔的明洞、大阪的心斋桥、北京的王府井、成都的春熙路，虽然商圈更迭，但那些日渐破旧的步行街总会成为一个城市无法替代的打卡胜地。和其他地方的步行街并没有很大不同，只是很多卖小吃的档口都会摆放一个电视机，里面播放的是某个台湾综艺节目在此拍摄的录像，或者直接贴上很多张同艺人的合影。一切都很"康熙"。"康熙"在这里是一个形容词。

台北特别适合带着情怀而来，走在街头，满街看到的都是歌词里的景象，你会无意识地哼上几句。

在象山脚下，我碰到了一位在英国留学的90后浙江女孩。她是独自一人来到台北，谈及原因，只为情怀，放假就想在台北转一转，走一走，而且大多数时候都是一个人。她喜欢炎亚纶，我用前段时间炎亚纶的负面新闻打趣她，她却说她一直相信他的为人，何况通过这件事她的偶像又翻红了，她很开心。所以你看，90后的喜欢也许是无缘无故但绝对不是无果而终。后来我们一起冒着小雨在象山半山腰看了半小时的101的夜景，也是浪漫不足辛苦有余。

台北北投的温泉有些像日本的箱根，小而美，安宁而沉静，适合发呆和小睡。

台北故宫真的是一座博物馆，这里，没有龙袍、龙椅、龙床，也没有你的"皇阿玛"。

诚品书店是一座商场，相信我，除了书，其他的应该更能引起你的兴趣。

台湾的小吃很多，作为非吃货的我推荐欣叶的炒肝和永康的半肉半筋牛肉面，很多人说牛肉面在这儿被重新定义并不为过。

走走停停，没有故事的台北并没有无聊，反而觉得异常饱满。只是天空时晴时雨不够畅快，忠孝东路走九遍，也觉繁华也觉寂寞。

（左起）新郎：刘源　新娘：楚涵

摄影师：谭畅　临时摄影助理：田川

新西兰四人行

扫码看田川的
跳伞全记录
（视频）

新西兰是一个很适合出游的地方，
你会在这里感受到一种简单的生活方式和缓慢的生活节奏。
适合情侣，更适合家人。

2018年应该是我的旅行年，去了英国、俄罗斯、新西兰、美国，以至于入境新西兰，海关质问我难道不工作吗，感觉整天在旅行。我只有实事求是地告诉他，我是来自中国的"明星"，然后在我理解为艳羡的目光中潇洒地踏上"中土世界"。

新西兰之行是我第一次在无攻略状态下进行的一次旅行。这次的组合非常完美，师弟源师妹涵——一对新婚夫妇，以及摄影师胖谭。所有的攻略和机票租车预订都是源涵完成，这让甩手旅行的我轻松上阵。

3月是新西兰的秋季，气候温暖，是最佳旅行季节。我们一路从奥克兰南下到皇后镇，且歌且行，高唱一句：年轻的朋友在一起啊，比什么都快乐。

其实去马尔代夫、毛里求斯、新西兰这样的地方旅行，总是会让人很词穷。你去伦敦的大英博物馆，随便记个典故，都可以掉一掉书袋。可到了新西兰，满眼的森林，各种颜色的湖泊，高山、瀑布，除了一个"美"字也想不出其他更有力的描述和感叹了。

此行美景，真正让我难忘的是皇后镇的天际观星。一路上，怕影响了观星质量，上山的大巴连车灯都不开，摸黑前行，还真让人有些胆战心惊。但一下车，我们整车的人都被头顶的美景彻底震撼了，满眼星空举手可摘，不敢高声语，唯恐天上星，暗暗感叹此行非虚。

顺着蜿蜒小路，我们抵达了最佳观星地点。在讲解员的指引下，我们看到了人造卫星，看到了处女座，看到了夜空中最亮的星。同行的源涵二人想必在观星途中一定紧握对方的双手，许下最美的心愿。胖谭在这浪漫的星辰下应该可以忘却上一段恋情的牵肠挂肚而再燃爱火。总之，在这美好的夜色里，我这灯泡都显得不那么耀眼。

跳伞一定要去体验一下，我们四人辗转两地，最终实现了千米高空自由落体的梦想。自由驰骋，忘记所有，不安全感引起的肾上腺素飙升，落地后那种和大地重逢的快感，绝对让你荷尔蒙爆棚。

接下来，我要说一说魔性的羊。

在Tekap，我们订的民宿是一个农庄。放下行李后去镇上拍照，回来已是深夜。从公路开到了石子路，从热闹的小镇到寂静之地，如果车坏半路，那绝对就是恐怖片的开始。

终于开到了农庄门口，打开大门，在车灯的照耀下，偌大的农场估计有上千头羊用圆鼓鼓的眼睛直勾勾地看着你，密密麻麻，层层叠叠，密集恐惧症瞬间发作。那种场面让我觉得恐怖又惊奇，白天可爱奔跑的小绵羊夜里竟然有些可怕。后来看了一部恐怖片《疯羊》，更觉当时的场面让人不寒而栗。

新西兰被称为一生一定要去的地方，它确实有一种魔力，会让你忘记烦恼，忘记时间，甚至忘记自己到底在哪里。

风吹之处便有诗，而用诗歌都无法描绘的地方就是新西兰。

补记：
从新西兰回来的第二年，师弟源和师妹涵步入婚姻的殿堂，作为婚礼的主持人，回想这次说走就走的旅行，更感奇妙，更觉美好。

当你踏足新西兰，你会发现任何词汇都无法形容它的纯净之美。

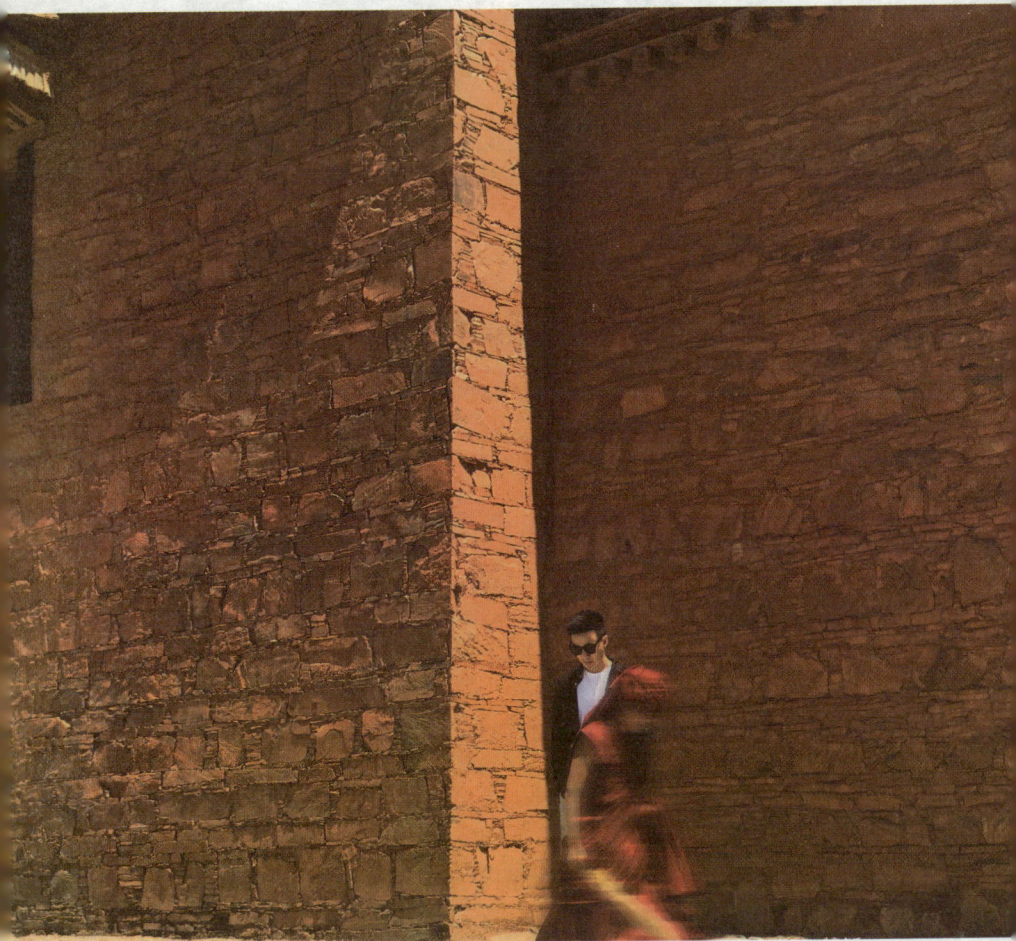

我的"西游"

清风舞明月，幽梦落花间。
一梦醒来，恍如隔世，
两眉间，相思尽染。
——《大话西游》

这个星期，出差甘肃，绕道游览了甘南的拉卜楞寺和敦煌莫高窟等地，仓促西游，却也觉奇妙无比。

落地兰州，司机一路热情地介绍着西北的风土人情，从黄河上顺江而下的皮筏子到热气腾腾的牛肉拉面，从全国知名的《读者》到打卡胜地中山桥，提到此行的甘南，他首推一定要去佛学界的"哈佛大学"拉卜楞寺去看一看。

拉卜楞寺距离甘南首府所在地合作市大概60公里。和我们常见的寺庙不同，它更像一个小镇或者大学，作为藏传佛教格鲁派六大寺院之一，被誉为"世界藏学府"。金碧辉煌的佛殿，气势庄重的佛像，香烟缭绕的煨桑炉，鳞次栉比的崇楼广宇，金瓦红墙和飘扬的彩幡，往来僧侣、游客以及朝拜者交织在一起，让你感受到这里生生不息的信仰魅力。

也许你对拉卜楞寺了解不多，但提到冯小刚的电影《天下无贼》你可能就倍感亲切了，影片开头的片段就是在这里拍摄的。走在红黄墙之间，脑海当中响起刘若英的那首《知道不知道》，忽然觉察一份苍凉的美感，我们的时光，因为注定那么少，所以想你的时候抬头微笑。

甘南是古丝绸之路唐蕃古道的重镇，但北上1300公里，那里有一座城市，就是敦煌。提到敦煌，每一名中国人都太熟悉了，哪怕没有读过余秋雨的《文化苦旅》，我们也至少听过《九色鹿》的故事，更何况有"葡萄美酒夜光杯，欲饮琵琶马上催""羌笛何须怨杨柳，春风不度玉门关"这样的诗词加持，想不知道敦煌都难。

走进一个个石窟，精美的图案纹样和神态各异的塑像都在讲述着一个个故事和传奇。

提到莫高窟，就绕不开发现藏经洞的王道士。他曾几次上报朝廷，只可惜风雨飘摇的清政府已无心无力顾及距离京城2000多公里的土包里挖出的经书，哪怕有五万多件。清廷最后的答复是让王道士就地保存，再无下文。

只觉讽刺的是，在斯坦因把敦煌带到世界之后，后知后觉的清政府命令敦煌当地把绢画写本等打包入京，但车马赶路，这中间丢失众多无从考证，而当年斯坦因用40块马蹄银买下的经书与绘画，却完好无损地保存在了大英博物馆。

孰是孰非，在不同阶段有着一些不同的解读……

在敦煌，另外一个总被提及的人就是张大千。2017年，张大千一幅《水月观音》在嘉德拍了1.012亿元，创下了他人物画的最高价，而正是莫高窟壁画，成就了这幅作品。

1941年到1943年，张大千对敦煌壁画进行了为期32个月的临摹，共完成壁画临摹作品276幅。据说在临摹壁画时，张大千发现洞窟里的壁画竟有好几层，要想看里层他所推崇的隋唐风韵画作必须把外层剥落。之后，关于他破坏壁画的说法和争议，再没停歇过。

在敦煌一日已觉千年尽在脚下，捧起一把沙都是故事。长河落日圆的壮阔之下，不仅有金戈铁马，也有多少痴情和凄凉。米薇和纳奈德的一别千年只为一句别来无恙，玄奘执一念西行跋涉远方终得真经，还有领军杀敌的索靖转身就成就了一台二妙的历史佳话。

大漠风沙万丈，敦煌古道残阳，敦煌的人和故事太多太多，出使西域的张骞，一口酒呼出一首《凉州词》的诗人王翰、"一振雄名天下知"的唐代名将张议潮，一直到今日，敦煌的故事还在继续。

蓦然回首，谁在画里飞？

扫码伴读

西北苍凉的另一面就是壮阔，大美无声也不觉寂寥。

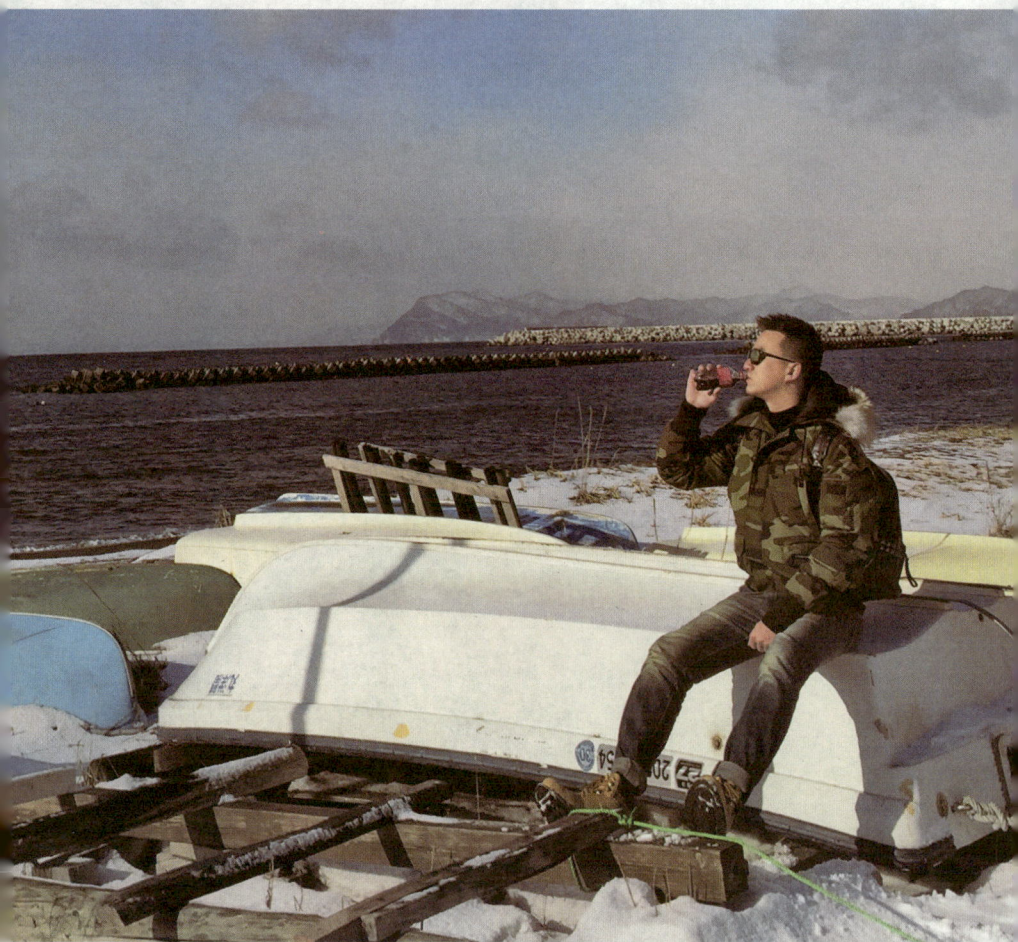

去过日本很多次，
最喜欢的还是冬天的北海道，
清冽而澄净。

在旅行中做一个小神仙

我一个人旅行过，两个人旅行过，一群人旅行过，

但无论和谁何地的旅行，

我都开始怀念和感谢当下的所有。

四季有花春富贵，一生无事小神仙。

旅行，谁不愿意呢？

很多80后应该都看过央视的《正大综艺》，当时的主持人还是杨澜、程前和王雪纯。在那个年代，出国还不像现在这么普遍，节目里的外景主持人可以品尝世界美食，看遍全球风景，估计很多人和我一样都觉得那真是世界上最好的工作。

2006年中国传媒大学播音主持专业面试的时候，被问到最喜欢的节目类型，很多同批次的考生依然谈到了这个通过猜谜向观众介绍世界各地风土人情的综艺节目。

　　幸运的是，在2010年，还是大四学生的我被央视旅游节目《远方的家》选中，成为一名外景主持。这里面还有一个小插曲，据制片人后来说，在筛选简历和视频的时候本来是把我筛选掉了，没想到频道副总监王总又把我重新选了出来。你看，领导就是领导，有眼光有水平，哈哈。

　　在《远方的家》录制期间，最北去过辽宁鞍山，泡过汤岗子；最南去过云南怒江，系上溜索飞跃金沙江；最西策马奔腾新疆喀纳斯，吃到了手抓饭，看到了"湖怪"；最东去过安徽马鞍山，找到了"天门中断楚江开"的那两岸青山。

　　在云南怒江拍摄傈僳族阔时节，当地人端出来一种叫"夏拉"的酒，是酒也是菜，肉经烧烤后淬火放入高度白酒里。为了节目效果，我一口气喝了几大碗，上头之后更觉兴奋，开始拉着当地傈僳族的小姑娘在院子里转圈圈。那晚，在那满天繁星的夜空下，在那个鸡犬相闻的院子里，那一份酣畅至今难忘。

　　在峨眉山拍摄，我看见了四大奇观之一的金顶佛光。

　　如果说去过的哪个地方最美，那首推新疆的喀纳斯，它被称为中国"瑞士"。这里的美景自不必说，但神奇的是，我竟然先后两次看到了传说中的"湖怪"。一次在山上远远地看到喀纳斯湖的水面涌起长长的波浪，一次就在岸边，湖中央水花飞溅又瞬间消失。不过在这里，要加入一段插叙。也是在喀纳斯，结识了我的好朋友杜杜，她是喀纳斯景区的工作人员，从第一次在当地拍摄节目开始，我和她的友谊一直没有断过。记得，很多年后的相逢，她请我吃当地的羊肉串，还笑我食量大不如从前，原来我在她心里一直是一个"大胃王"。相距千里，但时常惦念，总会想起那些美好的时光。

　　大学毕业正式工作后，有了收入，就更有了说走就走的底气。和很多第一次出国的人一样，我的首站是曼谷和普吉岛。

　　因为是第一次出国，把攻略做得格外详细，有点像《泰囧》里王宝强的"愿望清单"。不仅如此，甚至网友们总结的各种游客容易遭遇的骗术我也一概了解了一遍，可见我的谨慎小心。

　　在那之后，清迈、巴厘岛、日本、马来西亚、韩国、英国、俄罗斯、新西兰、美国、新加坡之旅，不是和家人就是和朋友。

　　在新西兰皇后镇，夜半沿着小路登山，满眼的星星历历在目，那空中滑动的光点竟是人造卫星。

在英国爱丁堡，和在此留学的大学同学一边吃着海鲜，一边聊着大学的种种。我问她为什么有了孩子还要出国留学。她的回答很简单：一直有出去学习的梦想。

在韩国首尔，我住在一位好朋友的家里，他现在是央视驻韩国记者站的记者。他和我聊起一路从编辑到出镜记者的不易，我忽然感慨每个人的光鲜背后都有多少辛苦和无奈。

最怀念在广东小城揭阳没有任何目的的一次临时短暂停留。午觉醒来，黄岐山上传来梵音阵阵，偶尔混着当地的小调，轻盈入耳，恍然入梦，夕阳浸入眼前的绿中，如同一幅油画铺陈开来，美得恰到好处。在那山色空蒙雨亦奇的夜，我独自泡一壶岭南茶，然后睡去，不去想其他。

旅行让我们在平淡的生活中有一点不同的节奏和光亮，一些灵魂的自在和放纵。

在旅行中做一个小神仙，心中有风景，眼里无是非。

05

畅游情谊间

一边坚强一边悲伤
一边寂寞一边相望
情与爱
我们要永远抱有
爱的勇气和渴望

爱不悲伤

"我不喜欢永远，因为两个人其中一个人不在了，就不是永远了。
但是下辈子不一样，听起来就像是个约定。"

—— 《比悲伤更悲伤的故事》

下了班，索性一个人去看了电影APP多次推荐的《比悲伤更悲伤的故事》。

应该说，我是一个很理智的人，所以很多爱情片的人物设置和故事情节都让我觉得毫无逻辑甚至匪夷所思，基本脱离不了韩剧三宝。

电影中的爱情往往显得很狗血，很不真实，因为太强烈，太极致，太稀少，所以珍贵，所以难得，所以让电影院里的女孩子们哭成一片。这世间，总是爱自己的多，爱他人的少，平平淡淡的多，轰轰烈烈的少，并没有那么多曾经沧海难为水的爱情。

　　这是一部台湾清新风格的作品，充满了阳光、汽水、冰淇淋、泡面、单车。两个孤独的人走在一起，生活从此不同。可能很多人和我一样，从后面的对话中才知道他们两个独特的相处模式，不是男女朋友却更像家人，十几年，你很难说清他们是从恋人到家人，还是从家人到恋人。

　　随着男主病情的加重，一个安排好一切，一个假装被安排好一切。但心里却依然是彼此的依赖和温暖。作为观众，我们很难理解为什么彼此不珍惜最后的时间，享受在一起的时光；作为观众，我们很难理解为什么女主要和一个不爱的人走入婚姻只为给男主一个交代。彼此都是彼此的不甘，彼此都是彼此的永远。

　　当我们现实中的爱情被玫瑰、被房子、被车子、被二胎搅得天翻地覆的时候，忽然被这样默默的、暖暖的爱情击中，我们只有投降。

　　同居不交往，也可以是一种守望。轻轻地隐藏不表达也是另外一种爱情的"猖狂"。有一种爱终究不是挂在嘴边，而是在某个午后，望着窗外的乌云，让我们泪如雨下。陪伴是有力量的，是可以超越浪漫，超越表达的一种形式，是面对任何困难，我都可以理直气壮地站在你身旁的勇气和信念。

电影戏剧化的结尾是我的泪点，男主的离去让女主的悲伤逆流成河，是我低估了爱情，以至于不理解谈了一场刻骨铭心的爱情，女主却选择了另一种绚烂。

生命之残忍让我们有很多无法承受之痛，而生命之美好又让我们在黯然之前享受过吃一碗泡面都是爱的浪漫。

有一种悲伤是我们短短几十年，没有为爱付出过，也没有为爱坚持过。

不去计较片中种种的硬伤，至少在这两小时，我们悲伤，我们为爱悲伤。

大约黄昏后，有故事的人才能看懂这夕阳西下。

无所求必满载而归

当我昏昏欲睡　摇摇欲坠
却学会　放下错与对　是与非
无所求必满载而归。

——陈粒《无所求必满载而归》

刚刚看完陈粒的演唱会。

第一次听她的歌是在2016年好妹妹的演唱会上，当时陈粒是表演嘉宾，她的歌声当中充满了一股由内散发的不羁力量，你会感受到她的自由、她的肆无忌惮、她的不耐烦。

这是我听过最"安静"的一场演唱会，全场没有多余的合唱，没有嘈杂的喊叫，大家凝神聚气的听歌，伴随着那首《光》，全场手机的灯光汇聚成海，莫名有了一种仪式感。她的歌不口水，所以很难把那些略有晦涩的词句和奇奇怪怪的意象组合成画面，但听着听着，总有那么一段旋律，有那么一句歌词触动你的心，让你润红了眼眶。

演唱会整体的风格很暗黑，而她就像行走黑夜的女侠，敢作敢当，让人贪恋着迷。

陈粒每一首歌的歌词都超级长，连她自己都在演唱会上自嘲说，唱歌的时候千万不要逗她，否则又忘词唱错了。

打开手机音乐APP，在她的每一首歌下面，粉丝们会留言感叹，讲述自己的感情经历，有的痛有的伤，有的好有的坏。

她在《芳草地》中唱道：珍惜自行珍惜，无常留给我浪费力气。

她在《易燃易爆炸》中唱道：愿我如烟，还愿我曼丽又懒倦；看我痴狂，还看我风趣又端庄。

她在《光》中唱道：你低头不说一句，你朝着灰色走去，你住进混沌深海，你开始无望等待。

她在《小半》中唱道：纵容着，任性的，随意的，放肆的，轻易的，将所有欢脱倾翻。

　　你会很用心地听她的每句歌词，试图去寻找去联系整首歌讲了一个什么样的故事，以为她会告诉我们什么是真爱密钥，但很可惜，并没有。有时候你会想歌曲里很多词藻的堆叠到底是情感使然还是仅仅为了押韵，你会想作者在创作的时候是不是喝了酒，而且喝得还不少，这"奇妙"的"风里诗句"是否只是一些半醉半醒的乖张表达。

　　我们都会有这样的经历，喝了不少酒，话说得更多，第二天醒来，甚至忘记了自己到底说了什么，拿出朋友手机拍摄的片段，只知道视频里的自己在自言自语，完全无法辨别所说内容。酒精刺穿理智，让我们卸下了所有的伪装，听不清说什么就好像我们有时候听不懂小孩子的语言是一个道理。语言的功用是沟通，但在某些时候，仅仅只是一种情绪的表达。

　　而情绪是很个人的，和情感有着很大的差别。我们听王菲的《我愿意》，我们听莫文蔚的《爱情》，甚至我们听赵雷的《成都》，多多少少都会感觉那里面有自己的影子，有自己走过的路，经过的事，爱过的人。但陈粒就好像是一个独自往来的妖精，她不奢求我们追随她，呼应她，只是在那里旁若无人地绽放自己的光彩，然后消失离开。

　　她终究从黑夜走了出来，再也不用无望等待，从小众的酒吧歌手到全国巡演，我们看到了她的成长，也感受到她的力量如何铺陈开来。也许对于很早追随她的歌迷来说，这种私藏的欢愉已然消失，但对于更多的人来说，在王菲、莫文蔚之外却多了一个特立独行的选择。

　　不知道陈粒歌迷是否明白，陈粒是不需要歌迷的，她在歌中早已唱出了答案：无所求也求不得，无所求必满载而归。

《岁月》烟尘

王菲的空灵和那英的沙哑，糅合在一起却如此的通透和令人回味。
他们互称老王和老那，那英是我们的那姐，
也是王菲的"那大傻"。

作为2018年央视春晚的重头戏，王菲和那英果真没让我们失望。王菲唱出了近些年少有的无瑕疵的水平，那英极具辨识度的嗓音愈加经得起岁月的考验。

我人生看过的第一场演唱会就是2009年在北京工人体育馆举办的那英《那20年》演唱会，在安可阶段，那英在后台和两个孩子相拥，那个时候，不难看出那英也许还是那个爽朗到可以拿手机砸狗仔的她，但幸福的打磨已让她变得性格平和。

2009年，王菲和李亚鹏还在为窦靖童奔波着。有这样一段媒体采访，李亚鹏说为了窦靖童可以被北京最好的中学录取，他四处找关系甚至不惜放下明星的架子去堵校长的门，说完，还有些得意地笑笑。

你看，从这点上来看王菲和李亚鹏就不是一路人，也许在王菲眼里，窦靖童做什么，干什么，学习不学习，学习什么都是她自己需要做也可以做的决定，这些，李亚鹏不懂。在一个传统的新疆汉子眼里，符合大众的，符合传统的也许才是最好的，但他忘记了他所面对的是王菲，是一位特立独行的明星。

《岁月》的作词人是那英和王菲。

生活是个复杂的剧本

不改变我们生命的单纯

不问扬起过多少烟尘

不枉内心一直追求的安顿

不管走过多远的旅程

感动不一定流泪

感情还一样率真

我为你留着一盏灯

让你心境永远不会近黄昏

我心中不会有黄昏

有你在永远像初春的清晨

听说在一些场合，那英作为主角但被媒体问到最多的竟然是关于王菲的新闻，作为当事人这种感受可想而知。坊间还传闻那英并不看好王菲和谢霆锋当年的牵手，一度还影响了姐妹之间的感情，只是现在这般情景又多少有些命运弄人。

所以在这种种之上，"我为你留着一盏灯，让你心境永远不会近黄昏，我心中不会有黄昏，有你在永远像初春的清晨"就显得情真意切。你做（zuo）你的，我骂我的，你悲伤我给你肩膀，你快乐我为你鼓掌，这不就是难寻的知己吗？每天都有无限好的夕阳近黄昏，只是这为你而留的明灯和初春的清晨确是世间少有的珍贵和懂得。

云很淡，风很清，任星辰，浮浮沉沉，而最重要的是身边的你是让我看透天地，静看红尘的青春归人。

《野花》的愤怒

你是否明白，我想超越这平凡的生活，注定现在暂时漂泊，

无法停止我内心的狂热，对未来的执着。

——田震《执着》

起初喜欢田震完全是因为她是我八竿子打不着的本家。

小时候，孩子们在一起总会吹牛。比如，你姓刘，那刘邦是你的祖先，他姓朱，那他也算是皇族后代。某一天，我看到电视上一个酷劲十足的女歌手用特别的嗓音唱着《野花》，一看名字：田震，还是我的本家，管他三七二十一就把她当成了自己的偶像，逢人就说田震是我姐。所以你看，孩子喜欢谁不喜欢谁有时候是没有逻辑可讲的。

从《野花》到《干杯，朋友》，再到后面的《铿锵玫瑰》，田震从小众到流行，高歌猛进风头无二，直到2001年《中国流行歌曲榜》颁奖典礼上的摔话筒事件。

也就是从那个时候开始，田震和那英不和的传闻开始公开化和持续化，到底两人关系如何恐怕外人很难说清，但性格同样豪爽的两个人如果有"如果"，也许本应该成为朋友。

就像那首《野花》唱道：因为那团火在我心中，烧得我实在难耐。也就是那团"火"，让田震在某颁奖盛典上，因不满主办方的"安排"，当着亿万观众摔话筒，以至于被短暂封杀。但人生的可贵也许就在于偶尔让我们可以肆意，而肆意是对自己最大的宽容。

记得还在浙江卫视的时候，广电集团有一个演讲比赛，我作为选手之一讲述了我在4·20芦山地震的一些经历和感悟。原以为无论是题材还是发挥，至少可以进入决赛，但是没想到宣布的结果却是不尽如人意。

现在看来，天空飘来五个字：那都不是事。但在当时，对满怀期待的我，对笃定能行的我简直就是晴天霹雳。不满，愤怒，无解，这些情绪仿佛一下子形成一股气流推着我直接站了起来径直走到了舞台中央，当着所有选手和观众的面，对着评委老师说：请各位老师告诉我，我哪里讲得不好，我可以重新讲一次。

想到当时的情景，我此刻都需要好好静静。

你们能想象当时评委们的震惊和不屑，但是我竟然真的就这么做了，而且用身子拦住了评委们出门的方向，眼泪横飞中又有些理直气壮。最后，在众多安慰之下才不满地离开了现场，而后在办公室号啕大哭。

这就是五年前的我。

多少年过去了，谈到这段经历，朋友们打趣我当时是不是脑子短路了，真的有必要这样吗？就算得了第一名又能怎么样呢？我承认当时有点钻牛角尖了，但在特定时间、特定情景下，人的理智会显得那么的单薄和无力。所以，我能理解田震当时的感受，也许不对，不好，但那就是她。

田震还有一首歌叫《顺其自然》，但远不及她的《执着》那么火。不是歌不好，而是我们习惯了顺其自然的安慰，顺其自然的期待，顺其自然的自欺欺人，竟然忘记了我们每个人都有一份《执着》，都《有心》要《玩儿个痛快》。

陪伴是最长情的告白，
守护是最沉默的陪伴，
但爱，不只是陪伴。

爱情不是为了不孤独

孤独和爱是互为根源的，孤独无非是爱寻求接受而不可得，

而爱也无非是对他人孤独的发现和抚慰。

——周国平

昨天，朋友哀叹着和我说，玩真心话大冒险竟然发现对方出轨。

真心话，适合情侣玩吗？年初上映的《前任3：再见前任》里面也有类似的桥段，只不过升级为两人之间的正面坦白。一般情况下，我们玩这个游戏都会是三人以上，碍于朋友的面子，不会当场发作，但回家后天崩地裂是在所难免的。

你会在真心话的游戏当中说真话吗？这是一个很有趣的问题。一方面，服从游戏规则是契约规定，何况很多时候遇上较真的组织者还要发誓赌上全家，等等；另一方面，每个人不是都应该有些秘密吗？水至清则无鱼，最后一块属于自己的领地难道都要让人蜂拥而至，成为他们的游乐场吗？

记得读大学时，寝室四个人，其中一位室友刚直不阿，堪称君子，我们都不喜欢和他玩这个游戏，往往前面几位的问题和回答总是能渐入佳境，一到他那里，戛然而止，让人无问题可问情趣全无。所以你看，没有秘密的人也有些无趣。

回到开头的问题，在游戏当中，对方坦白了情感上或者身体上的出轨，或者把问题说得简单一些，袒露了一些感情秘密，作为另一半到底怎么办？你真的可以按照游戏规定的那样走出房间云淡风轻当什么事都没有吗？

近两年，我们总是在讨论，中国的离婚率在攀升，是不是大家不再爱了。我觉得这是好事，这说明我们每一个人对自己的人生有了更多的思考和判断，有了争取自己幸福的原动力。

人生之不易，我们不应该因为外在桎梏而放弃对自由情感上的渴望和行动上的追求。

出轨到底该不该原谅呢？

没有标准答案，归根到底还是一个爱不爱的问题。你还爱她吗？如果爱，请继续；如果不爱，如果是为了诸如在一起不容易，也很难找到更好的之类的原因，那请潇洒离开，哪怕会很痛苦。因为这个时候，让你难以割舍的并不是她，也不是你的爱，而是你害怕孤独，但爱情不是为了不孤独。

找到爱情挺难的，有的人，和她吃一顿饭都觉得时间之漫长，冷场之频繁恨不得马上借口消失；有的人，一见面，似自己附身柳梦梅杜丽娘，前世缘分今日见，多巴胺直接可以解渴。

爱情到底会给我们带来什么？我想至少不是为了不孤独。

百无聊赖是罪过

不要去追问对方为什么分手，
真正的原因你永远不会知道，
甚至对方也不清楚。

昨天见了一位远道而来许久未见的朋友。

因为好多年没见，更新彼此的信息就是一个很大的谈资，并不会冷场。聊着聊着，说起他这次的成都之行，竟缘起分手。

我没见过他女朋友，追溯关于他和女友的记忆还是他们成双入对地在朋友圈晒幸福。今天，他说幸福晒干之后就是平淡。年初，她提出了分手。我问为什么？他说，她只说了四个字：百无聊赖。

后来，他去她家找过，暗地里等过，可再多的努力也难以抚平那四个字，他至今都不明白到底是哪里出了问题，我一边劝慰他，一边帮他开解。但其实，"百无聊赖"这四个字本身就是理由，难道还不够吗？只是他还不明白。

我们喜欢一个人，被一个人吸引，是因为什么？美女傍大款是因为钱，秃头爱少女图的是颜，无论是外表、内在、学识，还是工作、财产，等等，总之，人和人之间的吸引总有缘由。

为什么恋爱的开始总是非常的甜蜜，幸福感直线飙升，那是因为我们就像一个孩子打开绑着蝴蝶结的礼物盒，发现了新玩具，而且这玩具特别新奇有趣，但玩着玩着也就玩腻了。再打个比方，我们小时候都玩过《魂斗罗》，破解完一道道关卡直至通关，这个时候游戏还有什么乐趣呢？

游戏通关之后就是关机。

爱情也是这样，一个人身上的某种特质对另外一个人可能有着致命的吸引力，这是非常理想的状态。但接下来，考验的是这种吸引力是否具有可持续性，如果没有，能不能找到其他新的触发点。高质量的爱情就像探险，你总是因为对方身上的惊喜而再次热情高涨。《延禧攻略》里高贵妃通过一曲《贵妃醉酒》再蒙圣宠，《甄嬛传》里低谷中的安陵容通过冰嬉再次引起了皇上的注意，就是这个道理。

上周，我的研究生老师和我们分享，自从学起了油画，直言老公更爱她了。不断寻找自己新的吸引力，是不是很累？但没办法，除非你有永远无法替代的吸引点，哪怕是光鲜亮丽的明星不欢而散的事还少吗？所以，吸引力是两个人相对的事，在这种情况下，我们外人的参考系反而没那么重要了。

回到这位朋友这里，他女友说百无聊赖，这是实话啊，就是你不再吸引她，而你们还没有达成婚姻的默契，除了分手还能做什么呢？朋友说，有一次去楼下在角落偷偷看她，发现她竟然很开心边走边打电话。我问朋友，难道需要每天哭吗？

百无聊赖是罪过，样样红，只是太匆匆。

安静的风景平淡无奇，但活色生香的日常无非如此。

爱情会消亡吗

70年代的扭曲，80年代的觉醒和挣扎，

再看看90年代的颓废和新世纪以来的严重物化，

大抵可以印证不同年代的世道人心。

——野夫《1980年代的爱情》

最近有位好友被爱情所困，日日和我诉其辛酸血泪，对方一颦一笑一个短信一个电话都可以让他辗转反侧夜不能寐只待天明。爱情不应该是炙热的、激情的、青春的、肆无忌惮的吗？

抛开世俗的所有杂念，爱情的纯粹让人顶礼膜拜，有人说日久生情，有人说平淡是真，但我推崇的爱情只有四个字"一见钟情"。

在大学的一个讲座上，教授曾问我们：你们觉得爱情是永恒的吗？永恒派的观点搬出了梁山伯祝英台等千古爱情故事，海可枯石可烂天可崩地可裂，我们肩并着肩手牵着手。但我特别想问一句：当爱情被亲情所替代，或者说两个人因为家庭或者彼此依赖而走在一起，那还是爱情吗？爱情，终将消亡。

爱情，消亡，听到这两个词很多人一定认为我是一个爱情的"消极派"，但实际上我是一个爱情的狂热"积极派"，正因为希望爱情保有纯粹，保有两个独立个体之间神奇的荷尔蒙化学反应，我才觉得爱情真的是奢侈品，是转瞬即逝的，是可遇不可求的。

说到爱情本身，科学家会说两个有情人体内会分泌某种"爱情激素"，活跃度从几月到几年不等。请面对这个事实，一过保鲜期，爱情就结束了。当然，你可以伴随着婚礼进行曲走入婚姻，但请注意，以后维系你们关系的是亲情，并非爱情，哪怕你说每年某些纪念日的某些小礼物再次让你找到恋爱的感觉。实际上，我们经常会听到有人说找到了恋爱的感觉，只有失去的东西才需要寻找，没错，结婚之后，爱情已死。

两个人强烈在一起的催化剂——爱情和两个人在一起的象征——婚姻真的是两码事。

我没认真研究过社会学，但从原始人的角度考虑，古时两个人在一起有两大理由：一是为了繁衍后代承担历史责任（可能原始人也不理解这些，完全本能）；二是为了更好地抵御外来种族的入侵。但现代或者未来社会，家庭的防御功能已经被弱化，社会养老是一种趋势，一个人完全可以活得很好。至于繁衍后代，现代人的家庭观念已经改变，丁克族的日益庞大可见一斑，未来智能发展也许会让生孩子成为独立个体就可以完成的一件事。所以，你觉得婚姻真的那么重要吗？

李银河博士说过的这样一段话和我不谋而合：未来婚姻制度有可能消亡，因为欧美国家已经有25%~50%的人不再选择婚姻，中国也有这个趋势。婚姻制度主要的功能是子女的养育和财产继承，如果这两个问题都有其他解决方式，人们就不会再选择婚姻。

婚姻也许在未来会消亡，但爱情不会。爱是一种人类的本能，对于某些长得像自己的异性或者同性有着天然的好感（科学研究表明人更喜欢和自己长得像的同性或者异性），所以千万别说什么心死了，不爱了，只要遇到正确的人，你那颗爱情的小火种立刻可以燎原几万里。

劝慰失恋的朋友，我经常说的一句话就是下一个会更好，但实际上哪里来的更好呢？可能对方会更漂亮，开着更好的车，有着更体贴的性格，但爱情的世界扒开这些定义上的外衣，内在的核心就是一种纯粹的相恋，所以人和人，一段感情和另外一段感情根本无法比较。

　　秉承水瓶座之神经个性。一方面我阐释爱情至上，但另一方面我也是婚姻的保守派，一旦选择婚姻，契约达成，一定要视对方唯一，直至契约结束，在这一点上，和李银河博士之"换妻"观点不同，甚至背道而驰。

　　爱情简单吗？简单。
　　爱情复杂吗？复杂。

　　你和正在恋爱的他或她，爱情会消亡吗？会。

　　所以请大胆地爱吧，在这个美好的季节，爱了，不爱了，爱了，不爱了，无限循环。当然还要恭喜那些正处于婚姻中的朋友们，爱情诚可贵，亲情价更高，柴米油盐酱醋茶老婆孩子热炕头未尝不是一种通达和潇洒。

　　失恋的你，干吗呢？动起来，去草原狂野，去大江大河中寻找你的爱吧！

出现又离开

为何出现在彼此的生活又离开，只留下在心里深深浅浅的表白。

谁也没有想过再更改，谁也没有想过再想回来。

———梁博《出现又离开》

这几天，无限循环地听梁博的这首《出现又离开》，我们经常会想，如果对方没有出现，如果对方没有离开，生活会不会变成了另外的模样。

人为什么会给予爱情那么多的情思，因为爱情珍贵，珍贵的事物往往有两个特性：短暂而稀少。而爱情完美契合了这样的条件，所以哪怕只是深深浅浅的表白也会让我们不想告别。

但告别是太正常不过的事，转身离开多少有些情意难舍，只是多少红了眼，又有多少泪满面。

T是我的好朋友，漂亮可爱，善良而富有担当，虽颜值高但不骄，属于大美不自知的良人。谈了40天，分手一瞬间，至今难以平复。她把对方当成了人生挚爱，以无法理解的好去对他。他们一起吃饭，一起看电影，一起搬家，一起打牌，仿佛日子就这样五彩斑斓地明媚着。那段日子见她，终于理解了爱情是如何改变一个人的，她浑身散发着的幸福光晕羡煞旁人。可突然有一天，看她在朋友圈分享了这首梁博的《出现又离开》，知道他们的恋情告终。至于分手的原因，她一直没有告诉我，不用追问，因为就算是她也不一定知道真正的原因。

有一天我问她，恨他吗？她说恨不起来，眼神里的落寞和孤单和之前判若两人。约她喝酒，约她散心，但深夜里独自开解也许只有她自己才能够完成。

这样出现又离开的故事在你我身边还少吗？我问她，最舍不得的是什么？她说，他曾说爱我一辈子。

所以哪怕再聪明的人在糖衣炮弹之下也会放弃最后的防线。每个女孩可能都觉得男人的嘴骗人的鬼，那说的是别人家的男人，别人家的鬼，你家男人的诺言肯定是海枯石烂信誓旦旦的，但敢问世上哪里来那么多专情的王子，何况你又不一定是公主。

　　美好的故事总是因爱情而起，因在一起而圆满。但《廊桥遗梦》之所以被歌颂，是因为出现又离开不是吗？我们总想找到一个人可以永远站在身边，无论何时无论何地，只是多少被寄托了此等想法的人来来去去，让我们注定了要独自前行。

　　独自前行也好，对于生命而言，我们每个人何尝不是出现又离开？如同贾平凹的那本书的名字《自在独行》，自在是独行的前提，倘若自在，是独行还是同行，可能不再那么重要。

扫码伴读

为何出现在彼此的生活又离开，
只留下在心里深深浅浅的表白。

冬日的恋爱需要一块烤红薯

在北方的冬季，天空飘着大雪，
路上行人不多，两个人依偎在一起吃一块烤红薯，
这是我对浪漫最接地气的想象。

天气渐冷，扣紧大衣，步履匆匆归家路，也无风雨也无"情"。

忽然想到一个很浪漫也很大俗的画面：一对情侣，走在城市的街头，手捧着还冒着热气的烤红薯，转过街角，再来一串冰糖葫芦。

这样的想象我是不敢呈现在大学教授面前的。读书时，大学教授放下话来：你一口我一口吃煎饼果子（北方一种常见早饭）的都是不入流的爱情，真正的爱情和有质量的感情应该是两人雪后赋诗，晴天吟对。

你看，爱情也被分出了个三六九等。

曾热播的一部电视剧《那年花开月正圆》，虽然后期崩塌，但剧集的前半部分还是很不错的。大户人家浪荡少爷沈星移爱上了一个没爹没娘的丫鬟，这样的事好像也不是什么稀奇事，特别在我们的传统文化当中，好像爱情的确可以跨过很多看似不可能的沟壑。从牛郎织女到许仙白素贞，从杜丽娘柳梦梅到沉香他娘，哪个不是突破了人神鬼仙，所以你说来一段中式的"灰姑娘"简直太小儿科了。

但在现代社会，这样的故事还会上演吗？

无数的理论数据和长辈的谆谆教诲都告诉我们门当户对的重要性，凤凰男孔雀女，败给了房子票子车子面子，爱情在事事速达的现今变得更加珍贵。

周围有朋友在玩一个软件，当年"只爱陌生人"的陌陌交友APP至少上来还会说句"你好"，然后做一个相对正式的自我介绍。但在这个软件里，头像旁边直接显示是否在线，如果在线，作为注册会员则可以任意拨通任何一个在线会员的虚拟电话。两个陌生人的相识变得连一句"你好"都可以省略，直接进入主题。所以你说，在这样便捷的沟通情况下，遇到个红灯，估计连耐心等待的心思都没有，直接右转，换了方向。

我们到底需要什么样的爱情呢？

L是我的好朋友，刚刚和相爱三年的女友分手，痛苦难耐。经常和我陈述事实性抱怨。例如：她爸妈都认可我了，她妈妈还叫我回去吃饭，我们都在一起三年了，彼此都融入对方的生活了，这个城市有她的足迹，她周围的朋友都知道我们的关系了。

我从来不嘲笑困于爱情陷阱的人，毕竟每个人都是跌跌撞撞走过来的。但我只用一句话就四两拨千斤：她不爱你了。就这么简单，你还需要什么理由呢？

我们经常会纠结于很多为什么？为什么这样？为什么分手？为什么不可以复合？但是"为什么"是一个非常复杂的心理过程，我曾遇到过最奇葩的分手理由是：抱歉，你对我太好，让我觉得没有挑战性。这叫理由吗？你觉得不是，但在人家心里，这就是理由。所以，分手莫谈Why，相忘于江湖You can try。

没有心动就没有爱情，劝君莫强求。

那你要说了，爱情到底是什么？

在我看来，评判的依据只有一个词：心动。心动到夜不能寐，心动到约会的当天跳床而起，心动到对方就是世界就是天下就是全宇宙，如果遇到这样的人，去买一块冬日的烤红薯，冒着热气的，这就是你我的温暖。

城市森林让我们变得理智甚至冷漠

深情不如久伴

生命只是一连串孤立的片刻，靠着回忆和幻想，
许多意义浮现了，然后消失，消失之后又浮现。
　　　　　——马塞尔·普鲁斯特《追忆似水年华》

周六下了班，急匆匆地赶到影院，看了一场《你好，之华》，清清淡淡，感伤得恰到好处，让你的眼角只是湿润，也免了开灯散场故作坚强的尴尬。

影片中的硬伤就不做赘述了，只是有一个命题我一直在想，是什么让尹川曾经放弃了之华，我们所追求的深情到底是什么模样？

在写到这段文字的时候，突然瞥见一个微信好友的名字叫：深情不如久伴。能取这个名字的人是经历了多少刻骨铭心的爱情才总结出了这么一句不悲有伤的句子。

不到一定的年纪，真的不懂什么叫深情，什么叫久伴。

我们"莫干三剑客"之一的婷姐终于出嫁了。我来回奔波3000公里，主持了她的婚礼。就像她在婚礼上的告白：从未想过会和新郎结婚，但一路走来却发现彼此无法分开。

我和婷姐相识于2010年，我是浙江卫视的暑期实习生，婷姐是刚刚分进来的大学生。那个时候，她还不是那么柔软，颇有些初入职场的争强好胜，当然现在也依然侠骨有余，柔情不足。她一心想做新闻主播，但奈何那个时候台里并不缺女主播，一来二去做了记者。如今，她行走新闻现场，跻身杭州G20峰会记者团，风生水起再不见当年的唉声叹气，风风火火岁月善待。

有的时候，我们这群朋友太过努力，甚至成了一种惯性。三五好友聚在一起不是聊工作就是谈项目，唯恐谁先聊起生活的烟火定会落得个不思进取的白眼。我和婷姐也是这样，在一起很多时候都是在聊工作。我们一起做过培训班，仓促筹备最后狼狈不堪。我们一起分析过记者的跑线分配，讨论过哪条线是星光大道，哪条线是荆棘密布。我们一起干过很多事，唯独对于感情，我们聊的并不多。

实际上，关于她的感情，我是十分清楚的。

通过婷姐，我和婷姐的男朋友乔也成为好友，这次婚礼上，更是兼主持伴郎于一身。乔很帅气，也很优秀，是一个生意人，生意做到最大的时候有自己的一家酒店，大概也是那个时候和婷姐相识。兜兜转转，在事业的低谷期，他为了婷姐到了杭州，是的，一切从头再来。

从协警做起，后来开了两家干洗店，到现在整合资源做起了生意。我欣赏他对于爱情的勇气，而佩服他的坚持和努力。

我和婷姐在为数不多的感情闲聊中说过这个话题，以她浙江卫视骨干记者的身份，以她有房有学历有颜值的硬指标之下，能找到更好的男朋友吗？我觉得能，但这个"好"又该如何理解呢？更有才华吗？更有钱吗？更帅吗？对她更好吗？我想考验一段感情最直接的方式就是反问自己，如果遇到更好的，你会放弃吗？

在一生中，我想我们会有几次的深情付出，一生只爱一人的故事只留在午夜的电台和电影里，只是，深情对我们来说就足够了吗？

很多年前，一个老大哥曾和我说：小伙子，晚点结婚，你要记住最爱的人永远不是和你走入婚姻的人。在当时，他略带遗憾，却异常坦然。

婷姐说，一路走来，除了他，还有谁呢？是啊，除了他，还有谁呢？何况睡在那么帅的帅哥身边，一切困难都不是困难，夜半醒来看看床畔，也是花枝乱颤。

深情已付，唯独不如久伴。祝福婷姐，选择了深情，更有了久伴。

都是因为爱啊

因为爱情，不会轻易悲伤，所以一切都是幸福的模样。

因为爱情，简单的生长，依然随时可以为你疯狂。

——陈奕迅　王菲《因为爱情》

昨天看了一期《妻子的浪漫旅行2》，主要还是想看看章子怡真人秀的首秀。

前段时间，章子怡"仙女下凡"被炒得火热，脱粉不少，毕竟和一群女星参加真人秀，在很多人眼里本不是章子怡的个性。

在节目中，她也正面回应了参加真人秀的原因。因为她觉得这是一个有爱的节目，也考验一下自己离开汪峰会是什么样子。不知道这个理由，章子怡的粉丝们还满意吗？

章子怡被大家称为"国际章"，有很多经典的角色，从玉娇龙到宫二，从国内战到好莱坞，在很多人眼里，她是励志的代表，是高级的进阶教程。在拍摄《卧虎藏龙》的时候，直接拿脸撞墙的敬业劲至今仍然被津津乐道。

所以，你突然发现她竟然没有高歌猛进，而是选择了一个舒适区乐活自在，这就好比唱了一路的《飞得更高》，发现最高也就在平流层；演出结束等着返场安可，却迎来了安全广播；本想飙车，启动起来听到的是"道路千万条，安全第一条"，不给力啊！

对于章子怡，我们真的太苛刻了。

在节目中，汪峰是这么介绍章子怡的：你们熟悉却不了解的子怡。就凭这句话，就足够让人感动到泪流满面。悬崖边上有芬芳，红尘侧畔太茫茫，摸爬滚打登上高峰的女明星也许需要的就是一个"懂"字。所以，我们经常不解，为什么很多女明星会选择在我们旁人看来毫不登对的另外一半，我们需要的是精彩，但她们，需要的是温暖。

真性情的子怡是真的崇拜汪峰，章子怡的事业成就和高级范儿也让汪峰的男人自豪感烽火昼连光，闪耀全宇宙。而子怡也在汪峰的巨大说教世界里找到了一种被引领的快感。

但和节目中其他情侣的秀恩爱不同，他们俩有时候会让人觉得很尬。张智霖和袁咏仪相识于微，近30年过去了，随时都带着一种老夫老妻的默契；双包夫妇患难与共，吵吵闹闹当中演绎着"包治百病"的情侣故事；"买嘉组合"那就是童话故事里的王子和公主，也算有一份名副其实的自然。

但子怡和汪峰不同，他们一个带着婚史和女儿，一个带着"满身风雨"，组合在一起，可能确定关系那一刻起，就在内心告诉自己：这次行动只许成功，不能失败。

汪峰在节目中也坦然了这种"尬"，他对子怡说了这么一句话：我们俩去做一件事，总有不太一样的习惯，但最终会做到真正的包容。

很真实很不完美，但爱就是一种不完美，就是一种妥协。而这样的真实，也终于迎来节目的大反转，子怡说出了那句：都是因为爱啊，谁让我爱你呢！

所以，不是我们没有找到爱，而是我们还没有学会真正的包容。都是因为爱啊，让我们成长，也遇到更好的自己。

怀念旧时光

这首小诗献给我的朋友K。

怀念旧时光，那日清迈，河边，渔火，伴着泼水节音乐的声浪。

怀念旧时光，那杯漫咖啡，那夜家不归，那时有情而不累。

怀念旧时光，武夷山，抽签忙，有爱相伴，迷茫又何妨。

怀念旧时光，没日没夜，澳门击掌忙，或笑或惊，淋漓酣畅。

怀念旧时光，如果生活就像那次海滩冲浪，来来回回，爱无悔。

怀念旧时光，武汉夜市的熙熙攘攘，飘来巷子里的面条香。

怀念旧时光，北京酒店的全武行，哭着笑着抱着睡着。

怀念旧时光，伴着好声音，留在了2013年的上海体育场。

怀念旧时光，景德镇的瓷器终于在早上发出了清脆的声响。

怀念旧时光，却终究不敢多想，只怕余音绕梁，夜夜很长。

SPEED
LIMIT
55

我们你念从前，不是对现在的不满，而是忘不掉过去的自己。

你喜欢王菲还是白百何

爱情需要一点古道热肠，爱情也需要一点雷厉风行。

敢爱敢恨是我们拥有爱的第一步。

不出所料，白百何和陈羽凡发表声明：早在2015年已经离婚，为了保护孩子而选择没有对外公布。

和其他明星类似的案例不同，两人在2015年后多次秀恩爱，倘若不是卓伟追查12年的爆料，估计大家还从来没有怀疑过他们表里不一的爱情实质。又是为了孩子？至于吗？

明星八卦，看看就好，毕竟就像隔壁家老王在闹离婚，你贴着墙壁去偷听，午后，再坐在阳光下和隔壁老刘一起对着老王家指指点点，吐沫横飞，这实在是很无趣的事情。

我一直很好奇卓伟有没有偶尔反思，自己这份职业的成就感到底是什么？就像一个村里的长舌妇，搞到一点消息就在村头的大树下和妇女们一起嚼舌根。大家看似听得津津有味，回家之后赶紧把门关严，像避瘟疫一样躲着这样的大喇叭。

回到开头提出的话题，离婚对孩子真的有那么大的影响吗？

这个话题说起来我有点底气不足，毕竟自己还未有一男半女。首先，影响肯定是有的，有数据支撑的是青少年犯罪的影响因素之一就是家庭教育，而父母离异无异于负能量家庭的典型代表。

但两个成年人，到底该不该为了孩子维持没有爱的婚姻呢？

小时候，我妈经常和我开玩笑，问我他们离婚了我跟谁，一旦我哭着说跟妈妈，我妈就笑逐颜开感觉这儿子真的不白养。是不是每个孩子都经历过这样无来由的考验？近几年，和妈妈再次聊起这个话题，我说：父母也是独立的个体，他们有追求幸福的权利，不幸福的两个人因为分开反而变成了两个幸福的家庭，我觉得不幸福的婚姻不应该因为孩子而维持。听完我这一番"惊天怪论"，我妈再无我年少时回答这个问题时的喜上眉梢，拧巴了半天说了一句：你这孩子，真不懂事。哈哈哈！

不过，我依然坚持我的观点。我们不要小看了孩子的自愈能力。在20世纪90年代以前，整栋楼谁家要是有父母离婚了，绝对可以上社区头条，而且接连数日。但现在，随着离婚率的升高，离婚早已不是什么见不得人的事。好聚好散，在成人世界，和平地离开也是该有的方式。那你要说，孩子怎么办？在尽可能的情况下，让孩子感到一种家庭的幸福和温暖，而这种幸福和温暖并不一定必须是一个完整的家才能给予的，父母分开，不代表不爱孩子，只是他们的关系发生了变化，但父母和孩子之间爱的互动和传递不会改变。

那你又要说，见多了再婚之后，对孩子冷漠不管不顾的案例，但这归根到底属于人的问题，哪怕没有离婚，也不见得他们对孩子有多好。男人也好，女人也好，真爱孩子，是不会因为枕边人的存在与否而发生改变的。

相比白百何等明星婚姻当中的貌合神离秘而不宣，王菲却是干干脆脆绝不拖泥带水，飞到新疆把婚一离，孩子还是孩子，亚鹏还是亚鹏，惹得亚鹏离婚后还说：孩儿她娘，我爱你。忠于自己的内心是很难的，艺术家往往乐于追求这样的精神满足，以至于提到艺术家，总摆脱不了不那么靠谱的气质。

你，喜欢王菲还是白百何呢？

王菲浅唱低吟：我甘愿成全了你珍藏的往昔，只想你找回让你像你的热情，然后就拖着自己到山城隐居，你却在终点等我住进你心里。

未来的事，谁说得清呢？

这一切没有想象的那么糟

要爬上山顶去看风景
可走到山腰脚已起泡
停下来在溪边喝一口水
这一切没有想象的那么糟
　　——万晓利 《这一切没有想象的那么糟》

今天和一位十年没见的姐姐吃饭。

十年了，她依旧性格没变，说话快言快语，举手投足间总有一股豪爽和干练。十年前，当时我还在北京读书，而她放弃了成都的优渥和舒适的环境选择北上寻求更大的职场空间。她一直就是大人口中隔壁家老王的孩子，孝顺父母，成绩优秀，总之，她就是那么完美得无可挑剔。

这十年，我们联系得不多，只是断断续续地从大人口中了解到一些支离破碎的片段。后来，她到天津一所高校教书，认识了一位山东小伙，再之后生下了一个白白胖胖的小宝宝。截止到这里，她都是妥妥的人生赢家。

　　而此刻她坐在我的对面，身份却是一位单身母亲。

　　聊起这段婚姻，她已经淡然了许多。对方是一个爱摄影，会写诗，又工作上进的好青年，关键是还有点帅，有几个姑娘可以抵挡住这美好的"糖衣炮弹"。但婚姻永远应该选择最适合的，而适合不适合是一条只有踩上去才知道扎脚不扎脚的路，当勇气和冲动抵不住现实的磨合，好聚好散也许就是最好的结果。

　　姐姐说，她抑郁过，自闭过，迷茫过。但幸运的是，她从空间上选择回到家乡实现了和过去环境的物理隔绝，在情感上，坚强终究战胜了软弱，实现了一种解脱。她成功了，她依旧优秀一如从前。

　　哪一对情侣不是爱得死去活来地步入了婚姻，最后却要死要活的逃离了枷锁。我们总渴望有一个人相爱相伴，总期待有一个人至死不离，但事实却一次次告诫我们：美好的想象总有些自作多情。

　　和爱的人靠在一起牵着手看夕阳是一种美，独自一人迎风远眺也未尝不是一份珍贵。

　　昨天是双十一，热热闹闹独自清空了购物车，秒杀的快乐之余，盖上被子的瞬间却有一腔从未有过的"苍凉"。我没有陪，我没有伴，我只能清空自己的购物车，白日的人来人往，哪怕是网络上的甚嚣尘上，也掩盖不住此刻的孤独寂寞。

有一段时间，我好像迷恋上了网络购物，特别是收快递时那份实实在在有分量的感受，打开电视看着购物频道主持人的口若悬河，我就感觉他们在和自己对话，让偌大的房间不再冰冷。同样单身的朋友发来微信说：冬天到了，想谈恋爱了。我回了一句：矫情做作。

是啊，什么时候，我们已经习惯了这样的日子。怕一脚踏错爱恨交加，还不如原地站在自己的舒适区；怕谈恋爱竹篮打水，还不如守着眼前的一点胜利。流浪有天阔任翱翔的自由，与爱相随却更加纵深地让我们感知这个美好的世界。

对也好，错也好，成功也好，失败也好，人生没有回头路。总之，如同歌中所唱：清风送来了杏花香，这一切没有想象的那么糟。

情与爱

爱是摈弃傲慢与偏见之后的曙光。

——简·奥斯汀《傲慢与偏见》

《三生三世十里桃花》热播，电视剧当中的美好爱情总是撞得人猝不及防，爱情本就是这个世界上最奢侈的情感，两个有着不同背景、个性、成长环境的人就这样走到了一起，而且很有可能走上很长的时间，很远的距离，甚至生与死，这种感情难道不够可贵吗？

说得简单一点，卡地亚、LV、香奈儿，估计这个世界百分之六十以上的奢侈品是用来讨好爱情的，制作考究价格昂贵的奢侈品尚且是爱情的陪衬品，可见说爱情是这个世界上最珍贵的一种情感并不为过。

但是在如此珍贵的爱情当中，有时候却充满了算计。

可能每个人都有不同的想法和感受。也许两个陌生的人见面谈话的第一个话题就是彼此什么星座，然后快速地把人进行划分，水瓶座的跳跃思维，金牛座的算计抠门，处女座的被黑体质，射手座的习惯性花心，然后再通过工作、收入、学历、爱好等不同维度进行全身扫描。就像科幻片当中的激光扫描一样，原来我们每个人在无形当中已经有了这样一双"火眼金睛"，让我们以最少的时间和人力成本找到最对的那个她（他）。这好吗？好像也没什么不好。

在两个人的相处中，有的人喜欢一见钟情，有的人喜欢日久生情；有的人喜欢轻许诺言，有的人却没有温暖的一言半语。

关于诺言，你还相信吗？

有的时候分手的痛苦不是来源于对方那个人，而是你忘不掉对方许下的那些诺言和假想的美好未来，那些温暖，那些计划，那些期待，都没了吗？如果你把那些情话理解为一种当下喜欢的表达，可能等你们分开的时候也就没那么痛苦了。就像歌里唱的：没有什么会永垂不朽。那肯定也就没有什么地久天长了。

不要说结婚多年的老夫妻，相濡以沫相敬如宾，那是亲情，亲情和爱情本就是两种情感体验。也别说亲情是爱情的升华，当你体内多巴胺分泌停止的那一刹那，当你和对方过日子靠的是责任和习惯，你们的爱情早就消散无形了，是不是很可悲，可这就是事实。

有的时候我们骗自己说离不开她（他），离不开爱情，但静下来你想一想，你离不开的真的是她（他）吗？有的时候，恋爱和失恋从某种程度来说更是关乎自己。

我们要学会大胆地爱，爱的时候死去活来夜不能寐，分的时候痛哭流涕借酒消愁，生活不就是在这种周而复始略有滑稽的节奏下进行的吗？

情与爱，冲破雾霭，我们要永远抱有爱的勇气和渴望。

不畏浮云遮望眼，不是我们站得高，而是我们把眼前的一切都当成了风景。

乌拉那拉的爱

"对一个人好，就一定要让他知道吗？"

"我付出三分，得让他见五分，付出五分得让他还十分，

"只有这样才是公平公正，若一直背地付出，根本没人懂得珍惜。"

——《延禧攻略》经典台词

《延禧攻略》最后一集，佘诗曼主演的乌拉那拉继后在船舱断发怒吼，说出了自己沉积于心多年的抱怨和悔恨。这一集播出后，很多身边的朋友都被佘诗曼的演技所惊艳，甚至被感动，全然忘记了这个角色后期的阴狠毒辣。

原谅，不代表你是对的，而是因为你曾经爱过。

爱，的确有很多种表达方式。有的爱是陪伴，是希望看着你好，看着你开心，哪怕你毫不在意她的感受。有的爱是占有，是希望朝朝日日的相伴，是希望永不分开的甜腻。爱有优劣吗？没有，但爱，有方法。

一位好朋友曾和我说过这样一个故事。在高中，她暗恋一个隔壁班的男生，这个男生爱打篮球，很阳光。为此，她特意找机会接近他。她在学校文艺晚会上跳舞，在市里面组织的演讲比赛中获奖，而做的这一切，都是希望对方可以关注自己。他的确注意到了她，他们有了很多一起吃饭的机会，他们有了很多可以聊天的机会，但除了这些，其他什么都没有。

高考那天，"悲催"的巧合，巧合的"悲催"，女孩坐在了男孩的斜后方。两天的时间，女孩完全没有心思考试，所有的情愫如翻江倒海潮起潮落，失败已是意料之中。

复读之后的女孩，直接"开挂"考入了名牌大学，毕业之后，职场顺风顺水，嫁给有情郎。而那位男生，听说现在在非洲工作，面对满眼的荒漠和戈壁，也许他永远不会知道有一个女孩深爱过他。在未来，他们不会再有交集，他们那份情感只留在了那青涩的校园开花不结果。

想当年，这个女孩的爱是不是就像乌拉那拉的爱，想拥有却反噬了自己？不如退后一步，也许他并没有你想象地那么完美。爱是困局，而每个人都愿意跳进去做那个看似张狂却无法挣脱的兽，再炽烈也是徒劳无力。

爱需要坚强，会变得更加自爱，但爱最可贵的是柔软，懂得如何爱人。我经常和失恋的朋友说，分手想的第一件事就是下一个会更好。年纪渐长，身边类似感情困扰的人越来越少，曾几何时，在我面前唉声叹气惶惶度日的不在少数。如今，单身的单身，结婚的结婚，再少谈及感情二字，偶尔点滴牢骚，都被现实击得无处可寻。

以前劝慰朋友，我说的是下一个会更好，慢慢地，现在竟然变成了你还能找到更好的吗？是成长改了措辞，还是我们变得担心而谨慎，小心翼翼地抱着仅有的成果不愿舍弃。

前几天，朋友介绍个女孩给我，上来的介绍词是：长得好看，条件不错，工作也努力。每一个红娘都是两张说明书的邮差，这邮寄的速度快而准，就差隔日达了。

每一个男人都希望有一个女人像乌拉那拉，对自己爱到粉身碎骨，爱到癫狂痴迷，但每一个男人都会内心狂喜嘴上斥责地说这样的感情是低微到了尘埃，然后投向了白月光。

乌拉那拉断的不是发，而是命，白月光们内心难保不是另一个乌拉那拉。

一边坚强一边悲伤

总有一次失败，让你输得心服口服，终于收敛了狂妄的心；

总有一次失恋，让你刻骨铭心，而你也终于在岁月的轮回里学会了珍惜。

——米格格《谁不是一边流泪一边坚强》

今天临时顶班主持了一期访谈节目《闻香识女人》，听名字，大家大概也猜到了是一档女性清谈节目。今天这位嘉宾Y是一位"黄金圣女"，这么说好像有些不尊重她，但她如此自称，想必已经坦然接受。

大学时期，她每天早上5点起床跑步，如此自虐的行径也为她换来了"神仙姐姐"的雅号。大学毕业，神仙姐姐下凡人间进入旅行社，更放飞自我周游世界，上天入地，一会儿去东南亚潜泳，一会儿去墨西哥感受亡灵。一来二去，35岁孑然一身，白天旅行社上班，晚上做起了瑜伽教练，日子过得波澜不惊却也随性淡然。这样的35岁，你能接受吗？

　　我和她一见如故，很多观点竟然出奇的相似。她说，她觉得一个人生活挺好的，好像现在也很难接受一个陌生人闯进自己的生活。我马上和她解释，这属于一种"进化"，婚姻对于未来的人类来说并不是必需品，婚姻也是落后生产方式的一种延续罢了，因为优秀的人可以进化为独立的个体而建立自己完整的体系。这一套歪理邪说引得她频频点头，想来实践出真知，真知还需要反过来印证实践才有快感。

　　其实我们每个人在小的时候，都会觉得自己与众不同。我记得小的时候，我有一个当时很洋气的电子词典，手掌大小，可以查一些简单的英文单词，那个电子词典的牌子叫文曲星，我印象特别深刻。所以那个时候，我一度就觉得自己是文曲星下凡，你说是孩童的梦幻也好，心理暗示也罢，"文曲星"三个字总是在年少的记忆里不可磨灭。

　　但是，慢慢长大，我们就会发现，我们没有什么不同，甚至慢慢地走向平凡，其实从未伟大。接受平凡有时候就是迈向成熟的一个过程吧。那既然平凡，我们又有什么理由去特立独行？

　　小时候每个家长都会问孩子梦想是什么？当军人，当卡车司机，当警察等，而我的梦想是当联合国秘书长，心有多大，舞台就有多大。

我说这些是突然反思，一个人35岁如果还没有走入婚姻，不考虑主流的看法，但就自己而言，是不是因为自己还没有接受平凡，是不是自己还没有完成自我的抗争。我特别怕因为变得不同而慢慢变得让人讨厌。

Y说她最高的纪录是曾经连续四年每周四天每天两堂动感单车课，要知道，动感单车就是蹦迪，不让你结束后瘫坐地上都不算刻骨铭心。她如此坚持，为了什么？她说喜欢。在现场，我问了一个让她很惊讶的问题，我说在骑动感单车的时候，有哭过吗？你觉得Y哭过吗？

我很喜欢肆无忌惮这个词，工作也好，生活也好，有时候让我们肆无忌惮一回，那是多么美好。痛感于生活的艰辛，在流光溢彩的健身房，伴随着节奏感十足的音乐，悟出一些悲伤和寂寞，我想这也是一种美感，而毫不掩饰地大哭一场，也是一种源于内心深处的释放和倾诉。

Y说她很想去西班牙一个叫作龙达的地方，那是一个世界著名的私奔圣地。我说，去到了那里，难道不会重新燃起对爱情的渴望吗？她说，还好。

　　Y是一个完美主义者，但她却接受了自己在婚姻方面的不完美，人生十分太满，她说八九分足矣。生活充满未知，我们不能去预知未来的惊喜，但我们总可以在城市的一角，不知不觉地一边坚强一边悲伤，一边寂寞一边相忘。

波涛和峭壁是两份壮阔，悲伤中的坚强才是一份震撼

再听一曲《情歌王》

你知道《情歌王》到底包含了多少首情歌吗?

歌,也许是这个世界上仅次于诗对爱情最精炼的一种表达吧,其实在古代,诗词不也就相当于现在的流行歌曲,曲水流觞和现在的KTV欢畅5小时有什么区别呢?

当恋爱的时候,我们听歌,烈火烹油,直到爱情的火焰把我们燃烧。

当失恋的时候,我们听歌,寻找共鸣,让伤更伤,痛更痛,涅槃重生。

"爱你不是因为你的美而已,我越来越爱你,每个眼神触动我的心。"有人说,看一个人是不是真的爱你,就要看对方的眼睛,是啊，当我们恋爱的时候，你会发现对方看你的眼神都在发亮，那是一个想要包裹你的宇宙，在那个小宇宙，繁花似锦，花舞人间，瞳孔的深处是爱怜，是期待，是激情，是永不熄灭的灯火，是的，你就是他的小王子，她就是你的玫瑰花。

"我要变成童话里你爱的那个天使，张开双手，变成翅膀守护你。"应该每个人都渴望遇到一个这样守护自己的天使或者变成一个天使去守护别人。真正的爱情是可以刺激到对方的一种保护欲的，无论男女。

记得有这样一条社会新闻，大概就是在一次突发意外当中，男孩为了救女孩失去了生命，而后来女孩却嫁给了别人。你能说这个女孩负了那个为她舍去生命的男孩吗？男孩在那危急时刻，我想他更是处于一种近似本能的反射，而这种本能的建立是爱的交织和传达，难道男孩子挽救了心中至爱，是希望对方因此伤心一辈子吗？难道不应该是让她过得更幸福吗？

香港的八卦杂志以前曾报道过张国荣的挚爱唐先生另觅新欢，捕风捉影也好，真凭实据也罢，认为永远活在痛苦中才是对逝去的人最好的报答，这是不对的。

　　"我愿意为你我愿意为你，我愿意为你忘记我姓名……只要你真心拿爱与我回应。"这句歌词，主要和大家探讨一下，爱情到底需要不需要回应的问题。我一直非常反对单相思。爱，是需要回应的，就像歌词里唱的那样，我可以为了你忘记自己的姓名，也就是忘记自己，但是你要拿真爱和我回应。在爱情当中，我应该也疯狂过，幻想过，幼稚过，但慢慢地，我觉得真正好的爱情是需要一种理性的支撑的。这很矛盾，爱情本身是一种很感性的东西，美女都能看上野兽，金刚都能动情，谈论一种所谓的"门当户对"是不是太过老派。

　　在这里，我们不去探讨婚姻（我一直认为婚姻和爱情是两回事）中的理智，单纯在爱情当中，两个人，只有达到一种"同频共振"，才能真正达到爱情的制高点，那是一种夜不能寐的心动，那是一种死去活来的反反复复，那是一种无法言喻的梦幻，简单来说，就是回应，两个人爱的付出就像一个个俄罗斯方块，合丝合缝，共攀高峰。在这个过程当中，有一方的缺席，都无法达到完美的统一。

　　"伤离别，离别虽然在眼前，说再见，再见不会太遥远，若有缘，有缘就能期待明天，你和我重逢在灿烂的季节。"有时候，祝福不就是爱最好的一种表达吗？有爱就一定要在一起吗？*La La Land*，最后那回头一眼，多少往事涌上心头，多少爱意克制隐忍，又有多少祝福饱含深情。

"不要问，不要说，一切尽在不言中。"我提过分手，也被分过手，但我从来没有恨过或者责怪过任何人，那一段段过往，那一个个你曾经深爱的人，他们都好像是一颗颗的星，在你人生的游走中，给你指明了方向。

分手后亦是朋友，说再见，再见不会太遥远，我们把所有的那些爱和被爱放飞在夜空，满天繁星也好，星星点点也好，总之让我们感觉自己并不孤独，因为我们终会重逢在灿烂的季节。

回忆的画面总会有一种油画般的质感。